el pequeño gatsby

Rodrigo Fresán (Buenos Aires, 1963) es autor de *Historia argentina*, *Vidas de santos*, *Trabajos manuales*, *Esperanto*, *La velocidad de las cosas*, *Mantra*, *Jardines de Kensington*, *El fondo del cielo*, *La parte inventada*, *La parte soñada*, *La parte recordada*, *Melvill* y *El estilo de los elementos*.

Ha traducido y editado/anotado a John Cheever, Denis Johnson y Carson McCullers y prologado y reseñado a numerosos nombres de la literatura norteamericana.

Ha recibido el Best Translated Book Award, el Locus Magazine Favorite Speculative Fiction in Translation, y el Prix Roger Caillois a toda su obra por considerárselo «un escritor atípico, transgresor e ineludible».

Lee *El Gran Gatsby* una vez al año.

RODRIGO FRESÁN

el pequeño gatsby

Apuntes para
la teoría de
una gran novela

EN DEBATE

Papel certificado por el Forest Stewardship Council®

Primera edición: marzo de 2025

© 2025, Rodrigo Fresán
Casanovas & Lynch Literary Agency
© 2025, Penguin Random House Grupo Editorial, S. A. U.
Travessera de Gràcia, 47-49. 08021 Barcelona

Penguin Random House Grupo Editorial apoya la protección de la propiedad intelectual. La propiedad intelectual estimula la creatividad, defiende la diversidad en el ámbito de las ideas y el conocimiento, promueve la libre expresión y favorece una cultura viva. Gracias por comprar una edición autorizada de este libro y por respetar las leyes de propiedad intelectual al no reproducir ni distribuir ninguna parte de esta obra por ningún medio sin permiso. Al hacerlo está respaldando a los autores y permitiendo que PRHGE continúe publicando libros para todos los lectores. De conformidad con lo dispuesto en el artículo 67.3 del Real Decreto Ley 24/2021, de 2 de noviembre, PRHGE se reserva expresamente los derechos de reproducción y de uso de esta obra y de todos sus elementos mediante medios de lectura mecánica y otros medios adecuados a tal fin. Diríjase a CEDRO (Centro Español de Derechos Reprográficos, http://www.cedro.org) si necesita reproducir algún fragmento de esta obra.
En caso de necesidad, contacte con: seguridadproductos@penguinrandomhouse.com

Printed in Spain – Impreso en España

ISBN: 978-84-10433-10-6
Depósito legal: B-768-2025

Compuesto en La Nueva Edimac, S. L.
Impreso en Huertas Industrias Gráficas, S. A.

C 4 3 3 1 0 6

UNA VEZ MÁS
PARA
ANA & DANIEL[1]

---

1. La dedicatoria de *El Gran Gatsby* es «Once again to Zelda».

Lo poco que he logrado ha sido gracias al trabajo más laborioso y cuesta arriba, y ahora desearía no haberme relajado ni haber mirado atrás, pero como dije al final de *El Gran Gatsby*: «He encontrado mi línea a trazar y a seguir: de aquí en más esto es lo que ocupará el primer lugar. Éste es mi deber inmediato; sin él no soy nada».[2]

Francis Scott Fitzgerald,
Carta del 12 de junio de 1940
–seis meses antes de la muerte del escritor–
a su hija Frances «Scottina» Fitzgerald

2. Vuelvo a leer *El Gran Gatsby* para escribir *el pequeño gatsby*, busco esta citada cita en cuestión, y no la encuentro. ¿Lo dice Nick Carraway o se lo dice Jay Gatsby a Nick Carraway o, mejor dicho, dice Nick Carraway que lo dice Gatsby? No está en la novela. O tal vez se me escapa y la cita no acude a la cita. O quizás Fitzgerald se refiere no a algo que escribió sino a algo que se dijo al terminar de escribir. En cualquier caso, aprovecho esta nota para anotar lo siguiente: en las páginas que siguen asciendo esa titular *g* a mayúscula en *El Gran Gatsby* porque, pienso, queda mejor junto a las minúsculas del título de este minúsculo (pero, espero, no mínimo) librito. Después de todo y antes que nada, la novela de Fitzgerald –más allá de idas y vueltas de su trama– trata del duelo entre los más altos y mayúsculos sentimientos y las más bajas y minúsculas pasiones.

Nadie se sentía así antes, pero yo me sentí así; tengo un orgullo parecido al de un soldado que va a la batalla; sin saber si habrá alguien ahí, para repartir medallas o siquiera para dar cuenta de ello.

Pero recuérdalo también, joven: no eres la primera persona que se encuentra sola y sola.

Francis Scott Fitzgerald,
Introducción a la reedición de 1934
de *El Gran Gatsby* en la Modern Library

Acerca tu silla al borde del precipicio y te contaré una historia.

Muéstrame un héroe y te escribiré una tragedia.

Francis Scott Fitzgerald,
The Notebooks of F. Scott Fitzgerald
Edición de Matthew J. Bruccoli

Hay un joven rico, y ésta es su historia, no la de sus iguales. Toda mi vida he vivido entre sus iguales, pero éste ha sido mi amigo. Y, si yo escribiera sobre sus iguales, debería empezar rebatiendo todas las mentiras que los pobres han dicho sobre los ricos y que los ricos han dicho sobre sí mismos: es tan disparatada la estructura que han erigido que, cuando abrimos un libro sobre los ricos, algún instinto nos predispone a la irrealidad. Incluso inteligentes y desapasionados cronistas de sociedad han convertido el país de los ricos en algo tan irreal como el país de las hadas. Permítanme que les hable de los muy ricos. Son diferentes a nosotros. Poseen y disfrutan desde sus primeros años, y esto influye en su carácter: los hace blandos cuando nosotros somos duros, cínicos cuando somos crédulos; de manera que, a no ser que hayas nacido rico, es difícil que los comprendas. Piensan, en lo más profundo de sus corazones, que son mejores que nosotros, porque nosotros hemos tenido que descubrir por nuestra cuenta las recompensas y consuelos de la vida. Incluso cuando penetran en lo más hondo de nuestro mundo, o caen más bajo que nosotros, siguen pensando que son mejores. Son diferentes.

Francis Scott Fitzgerald,
«The Rich Boy»

INTRO / R.S.V.P.

Repitámoslo una vez más, todos juntos ahora, como lo hicimos tantas veces en el irrepetible pasado: *El Gran Gatsby* de El Gran Francis Scott Fitzgerald es una novela pequeña (en páginas) pero inmensa (en su influencia, importancia y sitial dentro de la literatura norteamericana y mundial). Candidata segura a eso conocido pero nunca del todo precisado a lo que se denomina, una y otra vez, como *Great American Novel*.[3] Pretendiente y demandante y aspirante y demandada y envuelta en trama que gira alrededor de la pretensión y de la demanda y de la aspiración. Postulante cumpliendo

---

3. La *idea* de la Gran Novela Americana (Great American Novel, o «G.A.N.», bautizada así nada más y nada menos que por Henry James en una carta del 5 de diciembre de 1880 al hispanista y novelista y crítico William Dean Howells), tenía como deber explorar diferentes puntos de la identidad nacional de los Estados Unidos. El propio James ofrecería, en 1880, su primera e incontestable propuesta/espécimen: *El retrato de una dama*. (Fitzgerald siempre admiró en James a «sus narradores parcialmente involucrados»).

con todos y cada uno de los requisitos que –según Italo Calvino– debe ostentar todo clásico.

A saber:

Relectura constante e interminable sin por eso perder el encanto de eterna primera vez y ser no sólo inolvidable sino, además, «escondiéndose en los pliegues de la memoria y mimetizándose con el inconsciente colectivo o individual». Traer impresa la huella cultural de lecturas que han presidido a la nuestra. No dejar de recibir –y de «sacudirse»– un «incesante polvillo de discursos críticos». Revelarse y rebelarse como siempre novedoso cuando más se cree conocerlo. Equivaler al universo entero «a semejanza de los más antiguos talismanes». Reconocer de inmediato –sin importar el orden y momento en que se llega a él o nos llega a nosotros– su lugar en una genealogía clásica. Anular todo ruido de fondo de la actualidad a la vez que lo armoniza y lo dota de un nuevo sentido con ese algo que «no puede serte indiferente y que te sirve para definirte a ti mismo en relación y quizás en contraste con él». Y, *last but not least*, «invocar al espíritu» que este *el pequeño gatsby* –un muy humilde libro parado sobre el hombro de un soberbio gigante– quiere honrar y agradecer y sentir el placer y privilegio de ser parte del asunto en su centenario.

No me parece exagerado y sí muy pertinente afirmar de entrada que *El Gran Gatsby* es una novela perfecta o todo lo perfecta que puede llegar a ser una novela (más allá de alguna encantadora imperfección).[4] Y parte de su audaz perfección reside –como bien apuntó Maureen Corrigan en su *So We Read On: How «The Great Gatsby» Came to Be* (2014)– en que va en contra de casi todo lo que se supone debe ser toda Gran Novela Americana a la vez que «viola el primer mandamiento de todo *writing program* Made in USA: muéstralo, no lo cuentes».[5]

Y, de acuerdo, se *muestra* mucho en *El Gran Gatsby*; pero –más europea que norteamericana en este sentido–[6] todo lo que enseña con lujoso lujo de detalles está *demostrado* a través

---

4. Fitzgerald se refiere a las *retinas* en el cartel modelo del Dr. T. J. Eckleburg cuando en verdad quiere decir *iris* o *pupilas*; confunde la situación de uno de los puentes entre Long Island y Manhattan; y anticipa año de edición de novela popular.

5. Además, de nuevo, es muy breve: no llega a las 200 páginas, unas 50.000 palabras.

6. Fitzgerald comienza a escribir la novela en Great Neck, Long Island, en 1923, donde recabó material para buena parte de la geografía del East Egg de los Buchanan y del West Egg de Gatsby y Carraway; pero completó borrador final y corrigió manuscrito definitivo y pruebas en Francia e Italia durante el otoño/invierno de 1924/25. Puede afirmarse que *El Gran Gatsby* es más pre-existencialista que social-realista, más afrancesada que inglesa y, quizás, siamesa-separada de otro *Gran* muy soñador y enamorado y cautivado por luces festivas: *Le Grand Meaulnes* (1913) de Alain-Fournier. Tal vez por eso los franceses –siempre listos para cambiar títulos– no se privaron del *plaisir* de rebautizarla como *Gatsby le Magnifique*.

de la teoría/práctica de la memoria: del hacer o deshacer memoria. Nada en *El Gran Gatsby* es *actual* ni transcurre en el acto sino antes/después de que las luces se apaguen y de la caída del telón. *El Gran Gatsby* es «de época», sí; pero, simultánea y literalmente, se nos presenta como *out of time*.

El Gran Gatsby –con *Cumbres Borrascosas*, *Grandes esperanzas*, *Moby-Dick*, *En busca del tiempo perdido*, *La invención de Morel* y *El sueño de los héroes*, *Pálido fuego*, *Matadero-Cinco*, *Bullet Park* y *El paciente inglés*, a las que yo no puedo sino considerar, más allá de sus diferencias irreconciliables pero complementarias, hermanas de sangre y tinta–[7] es probablemente la novela qué más veces he leído y releído. Y su perfección formal-sentimental jamás ha dejado de conmoverme e intrigarme. Porque *El Gran Gatsby* es, también, seguro,

---

7. Y sorpresa o no tanto: todas estas novelas tratan –más o menos románticamente, en el sentido más amplio y obsesivo del término, a su muy diferente y particular manera– sobre la (in)deseable (im)posibilidad de repetir (o alterar) el pasado a la vez que se lo reescribe/reinventa «saliendo al mundo» y de la persecución de sucesivos objetos del deseo; ya sean éstos ballenas blancas, habitaciones pintadas de una particular tonalidad de amarillo, muertas vivísimas, caminos y salones que ya no son a no ser que se los recorra con el inexacto mapa de la memoria sensorial, poemas reinterpretables a voluntad y conveniencia, espectros carnavalescos-holográmaticos de un pasado a recuperar y repetir, y momentos maravillosos aconteciendo todos al mismo tiempo.

una de las novelas más eminentemente *releíbles* jamás escritas:[8] una vez conocidos los vericuetos de lo que cuenta, permanece la tan diáfana como encandiladora prosa desbordante de la más melancólica de las felicidades así como el asombro que produce su mili-cronométrico manejo del *tempo* dramático, su preciso modo de mover y sacrificar personajes como si fuesen piezas en magistral e implacable partida de ajedrez, y su tan majestuosa como frugal estructura ensamblando perfectas *set pieces* como si se tratara del más perfecto drama isabelino. *El Gran Gatsby* es el regalo que no deja de regalar: siempre se descubre y se admira algo nuevo en él. Y –por encima de su por momentos intimidante perfección– es uno de los textos más didácticos (y mucho más provechoso y económico que taller literario) a la hora de enseñar y aprender cómo puede y debe ser construida una novela.[9] Un casi manual de instrucciones

---

8. Me consta que el legendario editor Francisco «Paco» Porrúa la releía cada año para –me dijo– «intentar comprender cómo Fitzgerald había producido semejante milagro». Así que –como nunca conseguía desentrañar del todo su misterio, como corresponde con los verdaderos e indiscutibles milagros– Porrúa volvía a empezar, a releerla.

9. En una dimensión mucho más armoniosa de nuestro metaverso, *El Gran Gatsby* es lo que leen todos aquellos y aquellas aquí enganchados a sustancias tóxicas como el magnate perverso de *Cincuenta sombras de Grey*, los vampiros escolares de *Crepúsculo*, los llorones constantes y más bien anormales de *Gente normal*, o

para, sino aprender, al menos apreciar como se puede contar el universo entero desde un micro-mundo que contiene a El Tema más público a la vez que privado de todos: esa divina y dantesca aria insuperable que es la pérdida desvelada y recuperación soñada del Primer Amor.

Este *el pequeño gatsby* –entre el fitzgeraldiano gabinete de curiosidades de lo enciclopédico, lo ensayístico, lo ficcional, lo no-ficcional, lo especulativo y, por qué no, lo talismánico y oracular rozando incluso esa forma de auto-ayuda que siempre fue y es y será toda cima literaria– es producto de un nuevo a la vez que renovado viaje para mí y, tal vez, primera invitación para ustedes o convite al que retornar. En cualquier caso, he aquí una/otra entusiasta invitación –mientras Long Island es en princi-

---

cualquiera de esas instantáneas novelitas romanticonas y sentimentaloides traficadas por la desinteligencia muy artificial de malas influencers y tik-tokeristas del best seller instantáneo a disolverse. (De paso y a propósito de lo anterior: Fitzgerald fue uno de los varios y fugaces guionistas para adaptación cinematográfica de *Lo que el viento se llevó*. Preguntado por su hija acerca de qué pensaba de la novela, Fitzgerald respondió por carta: «Es una buena novela, no muy original... No hay personajes nuevos, nueva técnica, nuevas observaciones: ninguno de los elementos que constituyen la literatura... Pero al mismo tiempo es interesante, sorpresivamente honesta, consistente y profesional; y no siento desprecio por ella pero sí una cierta piedad por todos aquellos que la consideran el logro supremo de la inteligencia humana»).

pio aunque no al final una comedia, Manhattan es un drama y el Valle de las Cenizas[10] es una tragedia– a contemplar desde su muelle esa tan simbólica luz verde de baliza en el extremo de un embarcadero al otro lado de la bahía. Y, sí, creer en esa imposibilidad de repetir el pasado; pero, aun así, recuperarlo de algún modo debutando o reincidiendo en la lectura del, con cada día que pasa, más enorme y XXL y colosal y cósmico y muy Made in USA pero sin fronteras *El Gran Gatsby*. Bienvenidos no sólo a la Gran Novela Americana sino Cada Vez Más Grande Novela Americana acompañada de este *plus one* que es *el pequeño gatsby*.

Jay Gatsby & Co. cumplen cien años.
Great Scott!
Let's party!

---

10. Las mayúsculas aquí, de nuevo, son mías (en la novela, el valle de las cenizas aparece siempre en minúsculas pero… ¿por qué?).

Epígrafe

Ponte el sombrero de oro, si así la emociones;
Y, si sabes saltar alto, también salta por ella,
Hasta que gima «¡Mi amante, de sombrero de oro,
                                      [buen saltador,
debes ser mío!».

Thomas Parke d'Invilliers

Este poeta que firma el epígrafe que abre *El Gran Gatsby* nunca existió. O sí: es un personaje de *A este lado del paraíso* (1920), primera novela de Francis Scott Fitzgerald. Maniobra esta que más que probablemente sea gesto cómplice y admirativo con/a T. S. Eliot y a sus notas al pie apócrifas en *La tierra baldía*. Parke es también un nombre apenas dicho en *El Gran Gatsby* relacionado con oscuras maniobras financieras de Jay Gatsby reveladas luego de su muerte. Nick Carraway se entera de ello, en las últimas páginas de la novela, por una llamada telefónica de un tal Slagle. Y el comienzo con esta suerte de broma tonta puede parecer un tanto fuera de lugar en un libro que ya desde su concepción aspiraba a la inmortalidad; pero también cabe entenderlo, por parte de Fitzgerald, como una subliminal advertencia de que todos aquellos que saldrán a escena son, cada uno a su manera, seres inciertos, falsos, hipócritas y perfectos maestros en el mal arte del engaño y del autoengaño. *Careless people*, sí: seres desconsiderados, como los define cerca del final Nick Carraway deseando salir de allí para ya no volver.

Aquí viene

«"¡Jay Gatsby!", exclamó de pronto con voz resonante, "¡Ahí va el gran Jay Gatsby!". Es lo que todos dirán al verme pasar: espera y verás. Y eso que apenas tengo treinta y dos años».

Párrafo más que correctamente cortado a la novela por el propio Francis Scott Fitzgerald –veintinueve años de edad por entonces– durante la corrección de las pruebas de imprenta de *El Gran Gatsby*.

El Gran Scott

En uno de sus escasos textos ensayísticos,[11] John Cheever se ocupó –inmejorablemente– de

---

11. Encargo para el *Atlantic Brief Lives: A Biographical Companion to the Arts* (1971).

Francis Scott Fitzgerald, escritor al que consideraba uno de sus padres literarios y, en ocasiones, espejo cómplice de compartidas y fraternales desgracias.
Allí se lee:

> Para cuando publicó *Gatsby*, Fitzgerald ya era internacionalmente famoso por practicar la peor clase de bromas de borrachos, y ser víctima de ellas, en situaciones embarazosas y por faltas graves a todo protocolo. Aun así, en las cartas a su hija, se las arregló para preservar una angelical austeridad del espíritu. *Nobleza* tal vez sea una palabra más apropiada, ya que desde su infancia en el pueblo fronterizo de St. Paul, él no podía sino imaginarse como un príncipe perdido en el lugar equivocado. Cuán sensible de su parte. Su madre era una inescrupulosa y excéntrica hija de un próspero almacenero irlandés. Su amable padre pertenecía a la endeble aristocracia de los viajantes de comercio, que se desplazaba de Syracuse a Buffalo y de Buffalo a Syracuse. ¿Qué otra explicación para su talento podía encontrar Fitzgerald entre esas personas? Hay ocho libros en total, y aquí y allá uno se encuentra con esas espantosas faltas de disciplina de un escritor serio que trabaja para mantener a una bella y caprichosa mujer; pero su gracia singular nunca se desvanece del todo y hasta los pesares y lamentaciones de *El Crack-Up* jamás llegan a parecernos la coartada de un llorón. Sus mejores cuentos fueron tan vividos

como escritos: un proceso irreversible que a menudo lo llevó por el camino equivocado sin que por esto llegara a perder del todo una asombrosa capacidad para seguir sintiendo esperanza. En la póstuma *El último magnate* no vemos ni un trazo de la oscuridad y la fatiga que suelen aparecer en las últimas páginas de un escritor. Y todos conocen la historia: la locura de Zelda, la inteligencia y la belleza, los años en el extranjero, las peleas alcohólicas, las deudas, la enfermedad y las bizarras tierras baldías de Hollywood. He sabido de hombres duros que rompen en llanto durante el capítulo final de cualquier biografía de Fitzgerald. En la crítica, los comentarios, los chismes y el venenoso recuento de anécdotas que siguieron a su muerte aparecen una y otra vez mencionados períodos muy claros de nuestra Historia: los años '20s, la Era del jazz, el Crash. Los grandes escritores están siempre profundamente inmersos en su época y Fitzgerald fue un historiador sin par. En Fitzgerald descubrimos el emocionante sentido de saber exactamente en dónde estamos: la ciudad, el hotel, la década y la hora de un día en particular. Su gran innovación fue la de utilizar las costumbres sociales, la moda de la ropa, la música oída al pasar, no como historia sino como una expresión de su aguda capacidad para comprender el significado de su tiempo. Todas las chicas con faldas cortas y esos tangos alemanes y esas noches calientes ahora son parte del pasado, pero su más fina capacidad es la de seguir comunicándonos, todavía hoy, la felicidad de estar vivo. Fitzgerald nos obsequia la certeza de que la Era del jazz y el Crash fueron momentos sin precedentes pero que, sin embargo, existieron para ser parte inseparable de su arte. Y aunque Amory, Dick, Gatsby, Anson –todos ellos– vivieran adentro de temporales crisis de nostalgia y grandes cambios, también estaban involucrados a fondo en la eterna universalidad del amor y del sufrimiento.

A la hora de referirse a una supuesta Gran Tríada Generacional compuesta por Faulkner, Fitzgerald y Hemingway, Cheever se manifestó contrario a la mística general: «Los tres eran más o menos de la misma edad; pero Fitzgerald murió mucho antes que los otros dos. No sé de dónde salió eso de *generación*. No me gusta… Es como querer reducir a la regularidad de meros utensilios algo tan irregular y rico como las vidas de hombres y mujeres. Digamos que los tres eran hombres y que, desafortunadamente, los tres fueron suicidas cada uno en su estilo». Y amplió: «Todos los que escribieron sobre Fitzgerald hacen hincapié en sus descripciones del Crash del '29, la excesiva prosperidad, la ropa, la música… Y al hacerlo imprimen al conjunto de su obra un carácter de época muy intenso… como si fueran obras de época. Eso menoscaba brutalmente lo mejor de Fitzgerald. Al leer a Fitzgerald uno sabe siempre qué hora es, dónde está exactamente, en qué clase de país. Ningún escritor fue tan honesto al ubicar la escena. Pero eso no es pseudohistoria sino la simple sensación de estar vivo. Todos los grandes hombres son escrupulosamente leales a su época… Escribí algo sobre Fitzgerald y leí todas sus biografías y trabajos críticos. Y lloré sin parar al terminar de leerlos. Lloré como un bebé. Es una historia tan triste».[12]

Pasen y lean (y, si así lo sienten, lloren).

«Algo *nuevo*: algo extraordinario y hermoso y sencillo + intrincadamente modelado»:

Así se refería a su *work in progress* Francis Scott Fitzgerald en una carta de julio de 1922 a su editor: el legendario y paciente con sus auto-

---

12. Las similitudes entre las vidas de Fitzgerald y Cheever son más que atendibles: ambos eran románticos perdidos obsesionados por la clase alta; ambos eran hijos de un padre fracasado y una madre dominante; ambos fueron malos estudiantes; ambos *cometieron* matrimonio quebradizo pero a la vez indestructible; ambos hicieron carrera con cuentos en revistas y considerados novelistas imperfectos; ambos escribieron sobre su desesperación privada y alcoholismo público (se puede pensar en los *Diarios* de Cheever como en una versión torrencial y secreta del *El Crack-Up* de Fitzgerald); ambos reflejaron con lirismo sus épocas; y ambos alcanzaron, finalmente, una dignidad redentora (Cheever, por fortuna, llegó a disfrutar de ella durante los últimos años de su vida).

res casi hasta el martirologio Maxwell Perkins.[13] Por entonces Fitzgerald es un joven y escandaloso escritor de éxito. Ha firmado *A este lado del paraíso* y *Hermosos y malditos*.[14] Y las revistas (atención: *The New Yorker* también cumple un siglo este 2025) se disputan y pagan pequeñas fortunas por sus cuentos acerca de juventudes desaforadas y *all that jazz*. Y estrena la fracasada –pero que se lee muy bien y que le funciona como aprendizaje para la tan dramática puesta en escena de *El Gran Gatsby*– obra de teatro: *The Vegetable: or From President to Postman*, sátira y utopía imperial-nacional. Y ha nacido su hija y –junto a su joven y exitosamente escandalosa esposa Zelda Sayre Fitzgerald– se ha mudado a una casa en Long Island. Y, allí, Fitzgerald comienza a sentirse un poco cansado de ser considerado autor de moda y portavoz de su generación. Al poco, los Fitzgerald viajan a Europa y se instalan en una casa de la Riviera Francesa donde su nueva novela –que transcurre entre Long Island y Manhattan– comienza a encontrar su sitio y tiempo y, también, sus temblores.[15]

13. NO hace falta en absoluto ver su biopic, *Genius* (2016), estrenada en España con el absurdo título de *El editor de libros*. SÍ es imprescindible la lectura de la biografía –*Max Perkins: Editor of Genius*, ganadora del National Book Award en 1978– de A. Scott Berg.
14. *This Side of Paradise* y *The Beautiful and Damned* (1920 y 1922).
15. Un *affaire* de Zelda con un galante aviador francés, Edouard Jozan, añade a la composición del libro el

Fitzgerald está entusiasmado por primera vez en mucho tiempo. En su –como suele suceder con todo lo suyo– muy personal y poco ortodoxo ensayo sobre *El Gran Gatsby*,[16] el crítico policultural y maestro de la yuxtaposición Greil Marcus imagina a Fitzgerald, por esos días, como a alguien «viendo, o intentando ver, el arco completo de la historia norteamericana, trazándola en el ojo de su mente como si fuese un mapa clavado en la pared frente a su escritorio». Algo que pudiera «leerse como a una historia secreta de América absorbiendo el fermento de su tiempo» y, por su «influjo gravitacional», «asimilando las acciones de los últimos cinco años de los '20s –la especulación, el pánico, las canciones– y, con un muy agudo sentido de lo que los tiempos requerían y temían ser capaces de recrear, una atmósfera en la que las acciones de los siguientes cinco años ya hubiesen tenido tiempo y lugar en esa era que no fue otra cosa que una bacanal en la que todas las preguntas que valían la pena de ser preguntadas estaban en el aire» y así «reescribir no sólo la historia de 1922 o 1925 sino toda la historia que vino después». Es una tan bonita

---

elemento del despecho amoroso y la compulsión por la reconquista. Interesados en este episodio en particular, pueden leer todo un libro sobre el asunto: *The Gatsby Affair: Scott, Zelda, and the Betrayal that Shaped an American Classic*, de Kendall Taylor (2018).

16. *Under the Red White and Blue: Patriotism, Disenchantment and the Stubborn Myth of «The Great Gatsby»*, de Greil Marcus (2020).

como emocionante imagen/idea esta de Marcus: Fitzgerald como cartógrafo y, a la vez, historiador y futurólogo. Y, claro, de nuevo, uno de los deberes obligatorios de todo clásico es el de ser de su época primero para luego convertirse en una época en sí mismo.

Sí: lo que quería escribir Fitzgerald era un clásico de Fitzgerald.

Leyendo eso en su carta, Perkins (editor también de Ernest Hemingway y Thomas Wolfe[17] en Charles Scribner's Sons y quien, oportunamente, le sugeriría a Fitzgerald que profundizase más, pero elípticamente, acerca del pasado de Gatsby y del cómo había conseguido su fortuna)[18] le dice que adelante, que espera sus nuevas páginas, que se las envíe, que muchas ganas de leer eso que le anuncia

---

17. Algo así como la entonces juvenil Santísima Trinidad Editorial de Scribner's a la que el propio Fitzgerald hizo comulgar –en carta a Perkins– con las siguientes y encendidas palabras: «Creo que los tres tenemos rasgos en común ya que intentamos recapturar el sentimiento exacto de un determinado momento en el tiempo y en el espacio, ejemplificándolo más por personas que por cosas… lo nuestro es un intento de atrapar la madurez de la memoria de una experiencia profunda». Los tres eran, además, grandes bebedores. Se dice que William Faulkner –Perkins estaba muy interesado en él– no fue parte de la banda de Scribner's porque Hemingway montó una escenita en plan «él-o-yo».

18. Cambios que Fitzgerald realizó sobre primeras pruebas y que agradeció mucho a Perkins porque hicieron a Gatsby mucho más «visible y palpable».

en sus cada vez más excitados despachos desde el frente...

Y le pregunta si ya tiene título.

El(los) título(s)

Y sí: *check, check, check, check, check...*[19] a todo lo que Francis Scott Fitzgerald se propuso y anticipó a Maxwell Perkins. El escritor estaba muy seguro del avance cualitativo que estaba dando. Pero, hasta el final, tiene muchas dudas respecto al título. Las opciones iban de lo intrigante a lo absurdo: *Among the Ash Heaps and Millonaires*, *Gold-hatted Gatsby*, *On the Road to West Egg*. *The High-bouncing Lover*, *Trimalchio*,[20] *Trimalchio in West Egg* y (aunque le parecía que recordaba demasiado al *Babbit* de Sinclair Lewis) *Gatsby* a secas. Fitzgerald firmó contrato con Scribner's, recibió adelanto

---

19. En otra carta a Perkins –desde el sur de Francia, 27 de agosto de 1924– Fitzgerald proclama: «Pienso que mi novela es casi la mejor novela norteamericana jamás escrita». *Check?*

20. En alusión a personaje festivo profesional y anfitrión compulsivo en *El Satiricón* de Petronio. Una primera versión de *El Gran Gatsby* se publicó con este título en el año 2000 por la Cambridge University Press y cuya lectura –según su editor, James L. West III– es similar al efecto que «produce escuchar una melodía muy conocida pero ejecutada en una clave diferente y con un *bridge* alternativo».

de 3.939 dólares más 1.981,26 a la publicación (equivalente a unos 60.000 dólares de hoy; lo que se consideraba *nice*: mejor que –en la *lingua* editorial de entonces– *good* o *significant*, pero no superior a *very nice* o *major*). Y rechazó su publicación por entregas en revista (llegaron a ofrecerle 10.000 dólares) porque sentía que rebajaría la importancia de la obra y la convertiría en folletín; aunque de haberse aceptado su pedido de 20.000 dólares... Con la novela a punto de imprenta y con precio de portada de 2 dólares, Fitzgerald envió telegrama desde Capri a Perkins, en marzo de 1924, casi aullando un «ESTOY LOCO POR EL TÍTULO *UNDER THE RED WHITE AND BLUE*». Pero Perkins le informó que cambiar título a esa altura demoraría la salida del libro –ya anunciado para el 10 de abril de 1925– y rogaba/ordenaba que mantuviese *The Great Gatsby*[21] y que se dejara de pequeñeces.

El (in)corregible Gatsby

«Cambio mucho las cosas de lugar para intrigar a la gente», comenta Jay Gatsby a Nick Carraway

---

21. Desde un punto de vista editorial, cabe pensar que alguien tan sensible y astuto como Perkins percibía que ese *Great* en el título podía –refleja y automática y subliminalmente– contribuir a la percepción de la grandeza de la novela por parte de sus lectores.

en el capítulo VIII de *Trimalchio*, primera versión de *El Gran Gatsby*. Y, sí, la incómoda e intrigante fama de cambiante e incorregible de Francis Scott Fitzgerald en la vida no estaba reñida con la virtud para muchos inconveniente de ser corrector constante de la obra incluso luego de la publicación de sus libros.[22]

Así, *El Gran Gatsby* fue una de sus novelas que experimentaron más cambios del cuaderno de notas al libro impreso incorporando retoques decisivos hasta las últimas pruebas de imprenta. Más allá de las muy citadas y agradecidas recomendaciones de Maxwell Perkins en cuanto a ir revelando de a poco el pasado de Gatsby, otras muchas alteraciones fueron de lo mínimo (cambio de apellidos de invitados a las fiestas) a lo muy trascendente.

Algunas de ellas: un primer borrador estaba escrito en tercera persona y Nick era, apenas, un invitado más y Tom Buchanan era casi el protagonista; el romance entre Nick y Jordan Baker se atenuó (al igual que Jordan en sí misma); la gran escena dramática no transcurre en el Plaza Hotel sino en los Polo Grounds y en el Central Park; y lo más impresionante de todo: la célebre parrafada final aparecía originalmente al comienzo del capítulo I y la multi-simbólica luz verde fue incorporada casi a último momento.

---

22. Fitzgerald llegó a reestructurar/reordenar los capítulos de *Suave es la noche* para posteriores ediciones de la novela.

Muchos años después y hasta el último día –en un ejemplar de la novela sin sobrecubierta pero con, en la página de créditos, un de puño y letra manuscrito *F. Scott Fitzgerald (Su Copia a NO ser Prestada) Mayo 1925–*[23] crecían las enmiendas en todas y cada una de sus páginas.[24]

Gatsby había muerto, pero Fitzgerald no lo dejaba descansar en paz: no dejaba de releerlo y reescribirlo y mirarlo.

La portada

Esa portada que mira al lector quien la mira. Dibujo y diseño del español Francis Cugat (Francisco Coradal-Cugat, 1893-1981). Nacido en Girona y educado en Cuba y hermano del muy popular director de orquesta Xavier «Mambo-Perfidia» Cugat. Se dice que la ilustración –ese velado rostro de mujer flotando sobre un parque de diversiones y que su autor tituló «Celestial Eyes / Ojos Celestiales»– fue realizada antes de terminada la novela. Y fue, también, la única que hizo Cugat. Debut y des-

---

23. Este ejemplar se encuentra hoy depositado junto a los Fitzgerald Papers en Princeton, *alma mater* del escritor a la que el siempre cordial y buen amigo Hemingway le sugirió donar su hígado.

24. Algunas claras (*café* se convierte en *restaurant*), otras crípticas o mal escritas (la ortografía de Fitzgerald siempre dejó mucho que desear), y cambios de puntuación.

pedida insuperables y buena paga para esos tiempos: 100 dólares. Y se piensa que lo que inspiró a Cugat fue un párrafo del relato –uno de los mejores entre los mejores de Fitzgerald– titulado «Absolución» donde se alude a las hipnóticas luces de una feria de atracciones.[25] Y hay una carta de Fitzgerald a Perkins donde casi gime un «Por el amor de Dios, no le des a ningún otro esa sobrecubierta que me enseñaste, porque la he incluido en la novela». Y, sí, ahí dentro Nick contempla el *tironeo* dialéctico de Daisy Fay Buchanan entre Jay Gatsby y Tom Buchanan y se lamenta de no tener él «una chica cuyos rasgos incorpóreos flotaran en las cornisas oscuras y los cegadores anuncios luminosos». ¿O tal vez esa ilustración aludía a los ojos-que-todo-lo-ven del Dr. T. J. Eckleburg,

25. «Absolution» –publicado en junio de 1924 en la revista *American Mercury* editada por el crítico y ensayista y escritor satírico H. L. Mencken– es parte del cuarteto de relatos que los estudiosos entienden como a «The Gatsby Cluster»: racimo de cuentos en el que Fitzgerald exploró los temas de su novela (algunos se piensan incluso como extractos que no entraron en su versión definitiva) y que son el ya mencionado «Absolution», «The Diamond as Big as the Ritz» (junio 1922, *The Smart Set*), «Winter Dreams» (*Metropolitan*, diciembre 1922), «Dice, Brass, Knuckles & Guitar» (*Heart's International*, mayo, 1923, donde se anticipa y lee ese «Te entiendo. Eres mejor que todos ellos juntos, Jim»), «The Sensible Thing» (*Liberty*, noviembre 1924) y «The Rich Boy» (*Redbook*, enero-febrero 1926, con esa decisiva y gran parrafada *à la* Carraway sobre «los ricos» y su «diferencia»).

suspendidos sobre los mortales de paso en ese cartel óptico al costado de la carretera?

La ilustración de portada de *El Gran Gatsby* –hoy considerada icónica e inmejorable– en su momento desconcertó a más de uno y hasta se la consideró un tanto *risqué* con esas siluetas femeninas desnudas en los iris de esos ojos. Y Hemingway demostró una vez más en *París era una fiesta* –su muy selectiva y cruel *memoir* publicada póstumamente en 1964– que nunca dejaba pasar una oportunidad de atormentar a su benefactor y alguna vez camarada o a cualquier otro que hubiese hecho algo bueno por él.[26] Entonces –con Fitzgerald desde el Más Allá, como Fantasma de Navidades Pasadas pero ya en lo más alto: redescubierto y redimido y celebrado por la crítica y la academia– Hemingway apuntó y disparó que, cuando su amigo y admirador le entregó un ejemplar de la novela, sintió «vergüenza» por esa cubierta «violenta» y «estridente» y «viscosa» y digna de una indigna «novela de ciencia-ficción». Según la poco confiable versión de Hemingway, «Scott me dijo que no me dejase desanimar por eso, que tenía que ver con un cartel a un costado de una

---

26. Otra de sus víctimas en este libro –y valedor que lo publicó en su revista *The English Review* cuando Hemingway recién empezaba– fue Ford Madox Ford, autor de *El buen soldado*, novela de 1915 y obra maestra del punto de vista ambiguo que Fitzgerald, seguro, estudió con cuidado y admiración para la escritura de *El Gran Gatsby*.

carretera de Long Island, y que era muy importante en el argumento. Me dijo que a él en principio le había gustado y que ahora ya no. Quitaba toda gana de leer el libro». Aun así, Hemingway lo leyó y, casi a su pesar, «enlistó» a Fitzgerald en el bando de los buenos escritores a apoyar más allá de sus numerosos defectos personales y «sin importar su comportamiento» o, en sus memorias, el tamaño de su pene.[27]

27. Habiendo juzgado el libro por su portada, a Hemingway no le quedó otra que admitir la grandeza de su contenido: «Nunca imaginarías lo bueno que era el libro, porque él tenía la timidez que tienen todos los escritores no engreídos cuando han hecho algo muy bueno». Y añadió, desde su supuesta (para él) superioridad, el que «Su talento era tan natural como el dibujo que forma el polvillo en un ala de mariposa. Hubo un tiempo en que él no se entendía a sí mismo como no se entiende la mariposa, y no se daba cuenta cuando su talento estaba magullado o estropeado. Más tarde tomó conciencia de sus vulneradas alas y de cómo estaban hechas, y aprendió a pensar, pero no supo ya volar, porque había perdido el amor al vuelo y no sabía hacer más que recordar los tiempos en que volaba sin esfuerzo». «Yo hablo con la autoridad del fracaso, Ernest con la autoridad del éxito; ya nunca podremos sentarnos a la misma mesa», concluyó Fitzgerald. De algún modo justiciera y poéticamente, uno de los títulos póstumos de Hemingway y (no sólo a mi juicio sino también al de firmas mucho más autorizadas como las de John Banville y Philip Roth) uno de sus mejores libros, *El jardín del Edén*, puede leerse en espejo con *Suave es la noche*. Al igual que ésta, *El jardín del Edén* cuenta la historia de un hombre talentoso que debe elegir entre dos destinos: su mujer o su carrera. Dick Diver –protagonista de la novela de Fitzgerald– elige cuidar a su desequilibrada

En Scribner's la portada tampoco gustó mucho y, una vez usada, llegó a ser arrojada al container de «*dead matter*» (descartes de imprenta) de la editorial del que la rescató un empleado que se la llevó a casa pasándola de familiar en familiar hasta que fue devuelta a los archivos de Scribner's en la Princeton University.

Posteriores ediciones de *El Gran Gatsby* –aunque periódicamente volvían a remar contra la corriente y reencarnar con la pretérita pero ya atemporal visión de Cugat– ofrecieron estampas casi *pulp* (esa ilustración con un Gatsby de torso desnudo al que se le apunta con revólver listo para el disparo y la advertencia de que era «la gran novela de los pecadores años veinte») o diseños muy *decó* con fotografías de la época. Pero –más allá de variaciones pasajeras y más oportunistas que oportunas, como los rostros de película de Robert Redford o Leonardo DiCaprio–[28] siempre se vuelve al repetible/irrepetible primer amor.[29] Y detalle

---

esposa Nicole. David Bourne –protagonista de la de Hemingway– opta por la escritura.

28. Clark Gable, según Fitzgerald, se quedó con las ganas.

29. Mi primer *Gatsby* fue –aún lo tengo– el de Plaza & Janés/Rotativa, 1971, (en cuya portada un hombre y una mujer se miran fijo). El último (portada con automóvil) fue el que le regalé el pasado verano a Javier Argüello. Por entonces –y con el libro casi entrando en imprenta– Enrique Vila-Matas me informó de que Antonio Tabucchi tenía un cuento titulado «El pequeño Gatsby».

mencionable y seria broma clásica entre traficantes/anticuarios de libros: hoy, una primera edición de la novela puede conseguirse por unos 750 dólares; pero si incluye a una sobrecubierta en muy buen estado su valor sube libre y vertiginosamente.[30]

Check!

La época: los 30 años en los años '20s

Y, se sabe, *El Gran Gatsby* –ocurriendo en 1922 pero recordado desde 1925– no solo transcurre en los años '20s sino que, en perspectiva, *es* los años '20s. Y es uno de los símbolos indiscutibles y reconocibles de la época pero –también– una de esas pocas novelas «generacionales» que se las arreglan para alcanzar la dificultosa atemporalidad apta para toda era. Y una de las cosas más interesantes en ella es la particular obsesión (que cabe suponer era también la de Francis Scott Fitzgerald) que comparten sus personajes, y muy especialmente su narrador, el cumpleañe-

---

No lo sabía, no lo leí, preferiría no leerlo. En cualquier caso, en mi defensa diré que este título era *uno* que se me ocurrió, a mediados de los años '80s, para *algo* que nunca escribí (como evidencia incontestable tengo un cuaderno de notas que lo prueba).

30. En 2022, un ejemplar con esa errata en la contraportada corregida a mano (en toda la primera edición) y retocando una *j* minúscula en *jay* salió a subasta por 360.000 dólares.

ro Nick Carraway, con los treinta años como, una vez cruzada, frontera sin retorno.

«¿Qué vamos a hacer esta tarde? ¿Y mañana, y en los próximos treinta años?», pregunta Daisy Buchanan. «No seas morbosa. La vida vuelve a empezar cuando refresca en otoño», le responde Jordan Baker.

Pero no es cierto.

Y el más consciente de esa mentira es Nick, cumpliendo tercera década de edad en el agobiante y explosivo capítulo VII de la novela. «Cumplía treinta. Ante mí se extendía el camino portentoso y amenazador de una nueva década… Treinta años: la promesa de una década de soledad, una lista menguante de solteros por conocer, una reserva menguante de entusiasmo, pelo menguante… Tengo treinta años. He rebasado en cinco años la edad de mentirme a mí mismo y de llamarle a eso honor», se lamenta, casi estoico, Nick.

«Toda juventud no es más que un sueño, una forma de locura química», apuntará Fitzgerald en sus *notebooks*. Y el *ex libris* en los libros de Fitzgerald mostraba a un esqueleto vestido con smoking danzando en una tempestad de confeti y serpentinas y sosteniendo un antifaz en una mano y en la otra un saxofón. Y sobre su calavera, se leía: *Be Your Age*. «Pertenece a tu tiempo» o «Actúa según tu edad».

Fácil de decir, difícil de hacer.

Fácil de escribir, difícil de vivir.

«Careless people», o la acción es personaje

ACTION IS CHARACTER, en rotundas mayúsculas, es lo que se lee al final de la edición póstuma que Edmund Wilson –decano de los críticos de su época y amigo de Francis Scott Fitzgerald– hizo de la inconclusa *El último magnate*.[31] Y una de las reseñas no sólo más elogiosas sino, también, más inteligentes y perceptivas a *El Gran Gatsby* (y una de las que más complació a Fitzgerald) fue la de G. V. Seldes en *Dial*: «La concentración del libro es tan intensa que los personajes principales existen casi como esencias, como ácidos cáusticos que se

---

31. *The Last Tycoon* (1941). Esta primera edición a cargo de Edmund Wilson –quien también, en 1945, recopilaría en libro los autoflagelantes y desgarradores ensayos de un Fitzgerald crepuscular y eclipsado en *The Crack-Up: With Other Uncollected Pieces, Note-Books and Unpublished Letters*– incluía también a *El Gran Gatsby* así como a un puñado de relatos y significó la reconsideración/resurrección de Fitzgerald como autor indispensable de la literatura primero norteamericana y casi de inmediato mundial. Una edición académica –y tal vez más respetuosa de las intenciones originales del autor– es la de la Cambridge University Press, 1993, al cuidado del especialista *cum laude* fitzgeraldiano Matthew J. Bruccoli y reestrenada bajo el título de *The Love of the Last Tycoon: A Western*. Con los años, Wilson manifestó sentirse «agotado» de ser el médium del espectro de Fitzgerald concluyendo que el autor «recibió el don de una gran expresividad, pero muy pocas ideas donde expresarlo». Pero a no quejarse: porque luego le tocó apadrinar al vivísimo y belicoso Vladimir Nabokov.

descubren en la misma copa y no tienen otra opción que actuar los unos sobre los otros».

Y, sí, para Fitzgerald en su laboratorio la acción pasaba siempre por la personalidad y *sabor* y *perfume* de sus personajes. Y en *El Gran Gatsby* de lo que se trata –por encima de precipitados acontecimientos que no dejan de precipitarse– es de cómo se comportan, qué hacen y piensan o no piensan y dejan de hacer un conjunto de criaturas de variable sentido o sinsentido moral. A veces parecen dioses mitológicos atormentando mortales y en ocasiones son como mortales atormentados por dioses. Unos y otros con una marca y carácter y poder o impotencia que los distingue y los condena o los consagra. Y digámoslo: ninguno de ellos es lo que se conoce como «buena persona», aunque algunos son peores personas que otros.

Ahí están: todos contemplados con obsesión de *voyeur* y ardiente frialdad científica por el narrador Nick Carraway. De algún modo, el conjunto de personajes principales de *El Gran Gatsby* puede funcionar para el lector como signos zodiacales o colores favoritos o naipes de tarot o tipologías opcionales para test del tipo dime-a-quién-eliges-y-te-diré-cómo-eres o *à la* Rorschach y en plan qué-es-lo-que-ves-o-quisieras-no-ver-en-ese-o-esa-que-ves-mientras-te-está-viendo-a-ti.

En un momento de la novela, un casi en trance Nick confiesa que «Una frase empezó a martillearme los oídos en una especie de embriaguez:

"Sólo existen los perseguidos y los perseguidores, los activos y los cansados"». Y, sí, esta teoría se hace muy práctica a la hora de juntar y separar a los esenciales y descompuestos componentes del elenco principal –todos a punto de entrar o recién entrados en su tercera década– de *El Gran Gatsby*. Activos cansadores y cansados activados, entre maravillados y perturbados, por la inminencia del final de la juventud y la proximidad de aquello que viene después y no entienden muy bien qué es. El problema del virtual asunto –y el virtuoso genio del aún activo pero muy pronto cansado Fitzgerald– es que en la novela nadie se queda del todo quieto y, de pronto, el perseguidor se cansa y el cansado sale para entrar en la más frenética de las actividades. Nadie se detiene el tiempo suficiente como para que pensemos que los hemos comprendido y comprehendido. Todos van y vienen del suburbio a la ciudad,[32] de la mansión al hotel, con escala intermedia en ese infame garaje/reparaciones y compraventa de automóviles (funcionando como alternativos e intercambiables Infierno y Purgatorio y Cielo). Todos vienen y van del presente al pasado cada vez más conscientes de que ese frenético charleston/foxtrot que bailan –pero como ejecutando el más

---

32. En este sentido *El Gran Gatsby* probablemente sea una de las fundadoras y, sí, más grandes novelas de *suburbia*: ese territorio/género hoy clásico de la literatura norteamericana.

complejo de los minués, respetando turnos para inclinarse o, no es lo mismo, reverenciar– no hace otra cosa que anticiparles que, si dejan de sacudir brazos y piernas y cabezas, habrán alcanzado el *no future* de su historia.

Leerlos así como al distorsionante pero a la vez fiel reflejo en un espejo curvo frente al cual desearíamos apartar la vista o cerrar los ojos. Pero, claro, como con esos atropellados al costado del camino, no podemos (y, en verdad, no queremos).

Pasen y escojan su modelo favorito (entre los principales, principalmente, Nick Carraway y Jay Gatsby: Yin y Yang, Alfa y Omega, opuestos más que complementarios y, a su manera, como esas legendarias parejas de comediantes donde uno le da pie o la patada a la *punchline* al otro; o como esos duetos de ardientes *torch-singers* donde cada uno canta una estrofa para cruzar el *bridge* en llamas desde extremos opuestos y encontrarse y darse la mano a la altura del *chorus*). O, si lo prefieren, dos o tres de los formidables secundarios de primera que los secundan. O todos ellos y ellas.

Una cosa es segura: seguro que alguno/alguna les queda que ni pintado y como escrito, como inmejorablemente escrito, como de novela.

† NICK CARRAWAY, o EL TESTIGO PRIVILEGIADO PERO NO DEL TODO CONFIABLE. El supuesto misterio de Gatsby en verdad no es otra cosa que superficial velo –desde un punto de vis-

ta hemingwayano, Jay Gatsby no sería más que la punta del iceberg– que esconde misterio aún más amplio y profundo: el misterio de Nick Carraway. Nacido en Minnesota, graduado de Yale, veterano de guerra (guerra en la que Fitzgerald se quedó con tantas ganas de participar, porque terminó antes de ser embarcado a Europa), vendedor de bonos de unos optimistas e inocentes 29 años (que pronto serán sentimentales y un tanto cínicos y desengañados 30). Y, de pronto, entre perturbado y complacido, Nick descubre su verdadera vocación: la de ser guardián de secretos y celestino un tanto patológico entre su prima Daisy Buchanan y Gatsby. Pero, antes que nada y después de todo, narrador de *El Gran Gatsby*. Lo que, en verdad, lo convierte en alguien mucho más *Gran* que Gatsby. Nick –como aquel marinero– podría presentársenos con un «*Call me Nick*». Y, como al Ishmael de Melville, no le creeríamos del todo: porque en verdad lo que quiere decirnos es un «*Call him Gatsby*». Y, así, para Nick, Gatsby como mareado Ahab y gran ballena blanca al mismo tiempo. Y Nick descubre a Gatsby y se entrega a él como su vecino apóstol y evangelista. Pero –contrario al vínculo que une a Sancho Panza con el Quijote o al doctor John H. Watson con Sherlock Holmes– Nick predica la Buena Nueva para fortalecer su propia fe y encontrar su camino más interesado en la enigmática fortaleza de la alucinación que en la debilidad de su solución o cura. Nick cree en Gatsby –pasa en las mejores religiones– para así poder creer en sí mismo.[33] Nick es el médium y Gatsby es el fantasma. Nick es el vampiro vampirizado o el vampirizado vampírico, da igual. Nick mira a Gatsby para así poder verse. Mira a ese Gatsby a quien Nick empieza presentando como representativo de «todo aquello por lo que siento verdadero desprecio» para acabar, en el mismo párrafo, apreciándolo con un «Gatsby, al final, resultó ser alguien como se debe ser». Y por momentos el intrusivo Nick –experto en el muy proustiano arte de invitarse a ser invitado– parece tener algo de ese artista de la impostura y la duplicidad que es el talentoso Tom Ripley. Pero –a diferencia del personaje de Patricia Highsmith, quien acaba suplantando a Dickie Greenleaf luego de asesinarlo– Nick no quiere ser Gatsby y mucho menos matar a Gatsby (de eso se encargará otro). No: lo que Nick quiere es que Gatsby sea como él cree que Gatsby *debe ser*. Así, Gatsby como arquetipo y paradigma y mesías-mártir del que Nick será su autobautizado único retro-profeta. De algún modo, Nick es un gran ventrílocuo. Y Jay Gatsby es su mucho más divino pero gracioso (porque lleno es de gracia) muñeco quien lo justifica a él y dice/hace lo que Nick no se atreve a hacer/decir dándole una ra-

---

33. Y tener presente una carta de Fitzgerald del 20 de junio de 1922 a su editor Maxwell Perkins en la que dice que «la novela tendrá un elemento católico». Fitzgerald llega a escribir 18.000 palabras de este proto-*Gatsby*, pero lo destruye y tan sólo salva lo que acabará siendo el cuento «Absolution».

zón de ser y de expresarse y de predicar La Palabra. Así, *El Gran Gatsby* –al igual que otras Grandes Novelas Americanas como *Moby-Dick* y *Las aventuras de Huckleberry Finn* y *El guardián entre el centeno* y *En el camino*[34] y *Las aventuras de Augie March* y *Lolita* y *Juego y distracción* y *Algo ha pasado* y *American Psycho* y *Jazz blanco*– es una novela-de-voz, una novela-de-mirada. Y parte definitiva de lo suyo, la parte más importante, es cómo esa voz cuenta magistralmente con ojos de rayos x, sí, pero que en ocasiones optan por no diagnosticar esa mancha que oscurece órganos vitales. Aun así, Nick mira mucho y ve demasiado porque «Es inevitablemente triste mirar con nuevos ojos a las cosas que ya hemos aplicado nuestra propia capacidad de enfoque». Nick es la elocuente y precisa voz-mirada autoral aunque no del todo autorizada de la novela (y que ya demuestra falta de objetividad considerable cuando, desde las primeras líneas, malinterpreta a conveniencia ese consejo que alguna vez le dio su padre en cuanto a no criticar a aquellos que no han tenido su suerte y ventajas). Nick como director de orquesta de partitura desordenada y maestro de ceremonias

---

34. Sorprendentemente, Jack Kerouac –cuya novela más conocida tiene más de un punto de contacto con la más conocida de Fitzgerald: la vigilia del Sueño Americano, jazz y juventudes desmadradas y, sobre todo, la casi amorosa obsesión de un narrador, Sal Paradise, por su narrado, Neal Cassady– consideró a *El Gran Gatsby* como algo «dulcemente innecesario».

de un circo sin red en el que los animales más feroces andan sueltos apenas fingiendo una cierta domesticidad. Nick como lector que escribe en voz alta desde el más omnipresente de los futuros. Porque todo Gatsby y *El Gran Gatsby* están construidos con esa materia soñada que es la de esa forma –tan interpretable y por lo tanto precisamente imprecisa– de sueño despierto que son los recuerdos. Y, aunque el por momentos sonámbulo Nick parezca el más dócil, inofensivo y moral de todos quienes allí se mueven como en trance, en verdad es el menos digno de confianza. Nick es, sí, eso que se conoce como «narrador poco confiable» (y lo sabe, y de ahí que no dude en afirmar un poco firme «Todo el mundo se cree poseedor de por lo menos una de las virtudes cardinales. La mía es ésta: soy una de las pocas personas honradas que he conocido en mi vida»). Esa especie de *contador* cuyo poderío literario acelera y resuena con la modernidad de autos y el modernismo de teléfonos. De pronto, Nick es esa voz veloz y singular de primera persona que deja de contar *todo* lo contable. Y todo lo que *sí* cuenta está trufado de «supongo», «sospecho», «pienso», «posiblemente», «probablemente», «tal vez», «me dijeron que», «como si». Y allí se vislumbran medias verdades y mentiras completas y una versión tan personal como discutible de los hechos y de los deshechos. Y así es como nunca terminamos de conocer del todo a Nick, de saber exactamente quién y cómo es. ¿Es –como casi inicialmente desprecia Scott Donaldson– un snob y un misántropo y un desequilibrado emocional?[35] ¿Es homosexual no asumido y tal vez de ahí buena parte de su fascinación por Jay Gatsby?[36] ¿Es racista?[37] ¿Cuántos de los prejuicios que atribuye a otros desaventajados (de nuevo, desoyendo el consejo/mandamiento de su padre en cuanto a un *No juzgarás*; porque Nick no hace otra cosa en la novela que juzgar a diestra y siniestra esa «calidad de distorsión» que caracteriza a todo y a todos los que lo rodean en la Costa Este) no son en realidad los suyos propios? ¿Cuántos Nick hay? (resaltar ese momento en el que, *insider/outsider*, Nick se reconoce a la vez que se desconoce como alguien que «estaba dentro y fuera, a la vez encantado y repelido por la inagotable variedad de la vida»). No olvidarlo nunca, tenerlo siempre presente: cuando leemos *El Gran Gatsby* de Francis Scott Fitzgerald (Nick Carraway lo preanuncia, como de pasada en las

---

35. «The Trouble with Nick», incluido en su *Fitzgerald & Hemingway: Works and Days* (2009).

36. Ahí está ese muy ambiguo momento en el capítulo II, luego de dejar borracho la fiesta/bacanal en el apartamento de Myrtle Wilson, donde y cuando Nick se descubre súbitamente y sin recordar cómo llegó allí, junto a la cama del «pálido y femenino» fotógrafo Chester McKee.

37. Nick, de tanto en tanto –como dicen que decía Fitzgerald–, emite comentarios antisemitas y racistas y manifiesta un cierto malestar por la abundancia babélica de colores de piel y acentos invadiendo los nuevos barrios de la gran ciudad. O las fiestas de Gatsby.

primeras páginas de la novela, con un «el hombre que da título a este libro» para ya nunca insistir en su sitial de *autor* y de biógrafo-testigo privilegiado de privilegiados para quienes su principal privilegio es el no tener que verse ni justificar sus malas acciones ni leerse a sí mismos) en verdad estamos leyendo *El Gran Gatsby* de Nick Carraway. Ese libro que mira y recuerda algo sucedido dos años atrás contemplado por alguien quien confiesa que «muchas veces he fingido dormir, o estar hundido en mis preocupaciones, o he demostrado una frivolidad hostil al primer signo inconfundible de que una íntima revelación se insinuaba en el horizonte; porque las revelaciones íntimas de los jóvenes, o al menos los términos en los que las hacen, son por regla general copias de otras y adolecen de omisiones obvias».

Digámoslo así: Nick –consciente de que se sienta junto al afilado desfiladero del fin de su juventud– es el verdadero protagonista de *El Gran Gatsby* pero que, sin Gatsby dándole letra y letras, jamás hubiese sido nada ni nadie.

De nuevo: pasa en las mejores religiones o en los mejores sueños.

† JAY GATSBY / JAMES GATZ, o EL SOÑADOR DESPIERTO. ¿Cuál es el casi religioso sueño de Jay Gatsby? Muy fácil de enunciar/interpretar pero muy difícil de conseguir y aún más difícil de convencer de él a segundos y terceros. Eso de volver a empezar pero corregido y aumen-

tado. Eso de finalmente salirse con la suya volviendo a entrar en lo que ya salió y fue para que vuelva a ser suyo. Y serlo y hacerlo con la certeza de que si, después de todo, Gatsby –ese *Great* tiene algo de póster de maestro ilusionista, de Houdini, de Blackstone– se ha hecho y rehecho a sí mismo, también se podrá rehacer para los demás deshaciendo todo aquello que no le gusta o que no coincide con su versión ideal del asunto, empezando por el nombre de James «Jimmy» Gatz: «Las más grotescas y fantásticas ambiciones lo asaltaban de noche, en la cama. Un universo de extravagancias indecibles se desarrollaba en su cerebro… Supongo que tenía listo el nombre desde hacía mucho tiempo. Sus padres eran gente de campo, sin ambiciones ni fortuna: su imaginación jamás los aceptó como padres. La verdad era que Jay Gatsby, de West Egg, Long Island, surgió de la idea platónica de sí mismo. Era hijo de Dios –frase que, si significa algo, significa exactamente eso–, y debía ocuparse de los asuntos de su Padre, al servicio de una belleza inmensa, vulgar y mercenaria. Así que inventó el tipo de Jay Gatsby que un chico de diecisiete años podía inventarse, y fue fiel a esa idea hasta el final…», rememora a la vez que teoriza Nick.

Y Daisy Fay primero y después Daisy Buchanan es, para Gatsby –al igual que lo es Mercedes Herrera para el vengativo Edmond Dantès autorreinventado como Conde de Montecristo o Catherine Earnshaw para un revanchista Heathcliff–

su Santo Grial en su Tierra Prometida y, sí, su vengadora Gran Revancha. Y no entiende mucho cómo ocurrió: «No sé describirte cómo me sorprendió descubrir que me había enamorado de ella... Creía que yo sabía muchas cosas porque sabía cosas distintas de las que ella sabía... Bueno, allí estaba yo, muy lejos de mis ambiciones, cada vez más enamorado, y de pronto todo eso dejó de importarme. ¿Para qué hacer grandes cosas si podía divertirme más contándole lo que iba a hacer?». O tal vez haya sido exactamente por *eso* que se enamoró de Daisy: por ser musa que no sabe que es musa. Luego, Daisy es para Gatsby fundante y frustrado amor y, en el reencuentro, es primero utopía realizada del volver a empezar para, casi enseguida, acabar siendo derrumbe de su sueño en particular y, simbólicamente, del colectivo Sueño Americano. Sí: Gatsby comete el error incorregible de pensar que *amor* y *éxito* son lo mismo. Y esta ilusión artificial de Gatsby (quien en principio, para Nick Carraway, no es más que otro frívolo artificioso), al hacerse pedazos aún más irreparables que en su primera aproximación a Daisy, cinco años antes de volver a verla, resulta en lo que finalmente acaba engrandeciéndolo a ojos de su narrador. Y, también, en su caída, lo que engrandece al propio Nick: «Cuando fui a despedirme, vi que la expresión de perplejidad había vuelto a la cara de Gatsby, como si acabara de sentir una levísima duda acerca de la calidad de su felicidad presente. ¡Casi cinco años! Incluso aquella tarde tuvo que haber algún momento en que Daisy no estuviera a la altura de sus sueños, no tanto por culpa de la propia Daisy, sino por la colosal vitalidad de su propia ilusión. Su ilusión iba más allá de Daisy, más allá de todo. Y a esa ilusión se había entregado Gatsby con una pasión creadora, aumentándola incesantemente… No hay fuego ni frescura que pueda desafiar a lo que un hombre guarda en su fantasmal corazón». Y «si la personalidad es una serie ininterrumpida de gestos logrados, entonces había en Gatsby algo magnífico, una exacerbada sensibilidad para las promesas de la vida, como si estuviera conectado a una de esas máquinas complejísimas que registran terremotos a quince mil kilómetros de distancia. Tal sensibilidad no tiene nada que ver con esa blanda sensiblería a la que dignificamos con el nombre de «temperamento creativo»: era un don extraordinario para la esperanza, una disponibilidad romántica como nunca he conocido en nadie y como probablemente no volveré a encontrar»; alguien quien «fue lo que lo devoraba, el polvo viciado que dejaban sus sueños, lo que por un tiempo acabó con mi interés por los pesares inútiles y los entusiasmos insignificantes de los seres humanos». Es decir: la muerte de Gatsby renace como nueva vida para Nick.

Y, sí, a veces pasa: Gatsby tiene mucha buena suerte a lo largo de su vida para tener mucha mala suerte, toda junta y en cuestión de días, a lo ancho de su final.

Antes de ello, Gatsby (quien como buena parte de los personajes de la novela, excepción hecha del fitzgeraldiano Nick, tiene una inspiradora contracara real)[38] y las cuasi litúrgicas fiestas de Gatsby. Fiestas del anfitrión que, para sus invitados y no-invitados, son un oasis: pero al frente de todo eso está un hombre que no es otra cosa que un espejismo. Un melancólico que parece alimentarse de una euforia ajena que no comprende del todo pero a la que alienta con cálculo de *dealer* que no consume, de camello que transporta a los sedientos al más concurrido de los desiertos. En ese paisaje –en una mansión que es parte Hôtel de Ville, parte Gormenghast, parte Xanadú y parte Hogwarts, parte Oheka Castle y que, al final, en una última visita, vaciada y sin dueño, Nick describe como «aquel extraordinario e incoherente desastre de casa»–[39] Gatsby es una leyenda urbana. Alguien a quien se le atribuyen desde misiones *top-secret* para potencia extranjera hasta sangre derramada aje-

---

38. El personaje está inspirado en un reconocido bastante conocido de Fitzgerald: el alemán Max von Gerlach (1885-1958), veterano de la Gran Guerra, luego contrabandista de licores operando tabernas clandestinas como pantalla del gangster Arnold Rothstein y, enseguida, millonario conocido por nunca repetir camisa, por su propensión a decir «old sport» cada cinco palabras, y por inventar historias imposibles y fabulosas sobre su difuso pasado.

39. Informarse en detalle acerca de posibles inspiradoras de su guarida en «Where is Jay Gatsby's Mansion», por Gabrielle Lipton, en *Slate*.

na a su propia sangre real. Gatsby no es secreto a voces: es rumor a voces. Un –otro como Nick– *voyeur* hospitalario con algo de fantasma de propia ópera. Un party-animal *in absentia*. El eslabón perdido entre los bajos fondos y la alta sociedad de una Manhattan gótica. Un Bruce Wayne que no necesita enmascararse para ser Batman. Un Mr. Hyde que sólo desea convertirse en Dr. Jekyll. Doble personalidad, sí: Jay Gatsby empezó como James «Jimmy» Gatz y –a diferencia del linaje que miente– inició saga y leyenda en la pobreza de una granja de North Dakota. A sus diecisiete años decide cambiar de nombre y de historia cuando entabla relación con el acaudalado minero Dan Cody para quien trabaja en su yate, luego de salvarlo del naufragio, durante cinco años (Cody le deja herencia que nunca recibe: su testamento se invalida). Pero al poco tiempo Gatsby encuentra un nuevo tesoro: se obsesiona con Daisy Fay (la primera en *creer* en Gatsby) desde que la conoce y corteja (y miente acerca de sus orígenes) en Louisville, Kentucky, donde recibe instrucción militar luego de haber dejado sus estudios por no poder pagarlos y ya no soportar el trabajo de conserje con el que se los financiaba. James marcha al frente europeo en 1917 (donde descuella en combate y es condecorado por su valor y audacia) no sin que antes Daisy le prometa esperar su retorno; pero, chica volátil y olvidadiza, se casa con Tom Buchanan en 1919 mientras Jimmy intenta educarse y ascender socialmente en Oxford. De regreso en Estados Unidos, Gatsby tiene una única misión: reconquistar a Daisy cueste lo que cueste. Y cuesta mucho. Y pronto se involucra en actividades delictivas como manipulación de bonos y contrabando de alcohol bajo la atenta mirada de su segundo gran benefactor: el gangster judío Meyer Wolfshiem (apellido que muchos de los que escriben sobre la novela insisten en transcribir –mal– como «Wolfsheim»; o tal vez haya sido Fitzgerald quien lo deletreó de manera incorrecta). Para cuando Gatsby llega a West Egg y se consagra como tan ubicuo como invisible *soul of the party* ya no parece saber muy bien quién es o querer saberlo: sólo sabe y tiene perfectamente claro a quién quiere. A Daisy. Así, Gatsby es el primer gran enamorado del amor de novela de Fitzgerald.[40] Alguien a quien el crítico G. V. Seldes clavó con un «Gatsby se ha entregado al logro de un supremo objetivo: el de restaurar para sí mis-

---

40. Seguido por Dick Diver en *Suave es la noche* y Monroe Stahr en *El último magnate*, ambos también obsesionados por la idea de un pasado repetible (o, al menos, duplicable). Esta cualidad de Gatsby es evocada con mucha gracia y dramatismo tanto en la novela *Postales de invierno* de Anne Beattie (1976) donde el muy enamorado Charles languidece obsesionado con recuperar el amor perdido de Laura, a quien espía en su ventana y desde lejos para irritación de su amigo Sam por toda esa «*Gatsby shit*»; o en *El Hotel New Hampshire* de John Irving (1981) en la que la muy atribulada escritora prodigio Lilly Berry exclama, desesperada, que su soñador padre y hotelero serial «¡Es un Gatsby!».

mo una ilusión que perdió; y busca conseguirlo, de una muy patética y americana manera, convirtiéndose en alguien increíblemente rico». Pero, claro, se sabe: la riqueza material no es garantía de evitar la bancarrota emocional. Y toda luz verde puede distraer de la alerta roja hasta que –aunque abunden las señales de advertencia– ya es demasiado tarde. Ahí está ese momento en el que Gatsby –reunido con Daisy– siente «una duda levísima acerca de la calidad de su felicidad» porque, después de todo y más allá de sus ilusiones, habían transcurrido, de nuevo, «¡Casi cinco años!». Y ese otro instante[41] en el que –pensando que ya está todo solucionado y encarrilado y, sí, *repetido*, de nuevo junto a su amada y planeando su fuga hacia el más pretérito de los futuros– Gatsby presiente que la posible realidad nunca estará a la altura de su imposible imaginación. Allí y entonces, Gatsby le comenta a Daisy que «Si no hubiera niebla, veríamos tu casa al otro lado de la bahía. Siempre tienes una luz verde que brilla toda la noche en el extremo del embarcadero». Daisy lo coge del brazo pero Gatsby, de pronto, parece muy absorto en lo que acaba de decir y, teoriza Nick, «Quizá se daba cuenta de que el sentido colosal

---

41. Momento formidable y que había olvidado por completo o que –quién sabe, ya lo dije, esta novela es el regalo que no deja de regalar– no había percibido hasta mi reciente relectura de *El Gran Gatsby* para escribir *el pequeño gatsby*.

de aquella luz acababa de desvanecerse para siempre. Comparado con la inmensa distancia que lo había separado de Daisy, la luz verde parecía muy cerca de ella, casi la tocaba. Parecía tan cerca como una estrella lo está de la luna. Y ahora volvía a ser una luz verde en un embarcadero. El número de objetos encantados había disminuido en uno».

† DAISY FAY BUCHANAN, o LA CHICA DORADA. Daisy Buchanan flota. Daisy flota sin importarle que todos se ahoguen a su alrededor. A Daisy el naufragar le parece vulgar y de mal gusto, y así es una maestra capitana a la hora de ser la primera en abandonar el barco. Pero Daisy prefiere no ver eso en ella porque no le gusta verse. Daisy –madonnesca *material girl*– se siente mucho más cómoda con que la miren y la admiren. Y Jay Gatsby mira a Daisy del mismo modo en que Nick Carraway mira a Gatsby: sublimando. Pero cuesta más creer en Daisy que creer en Gatsby porque –mientras Gatsby es sincero consigo mismo– Daisy es mentirosa con todos, incluyendo con ella misma. Daisy es la margarita del «me quiere, no me quiere»: si Gatsby es un enamorado del amor, Daisy es una enamorada de que la enamoren o, mejor aún, de que se enamoren de ella, tan enamorada de sí misma. Primero *belle* sureña y reina del flirt entre oficiales del destacamento militar en Louisville y luego top-*flapper* en Manhattan y siempre cabeza hueca con cerebro bien amueblado a todo

luxe. Esposa decorativa que soporta las infidelidades de su marido, Tom Buchanan, con la entereza de quien sabe que ésas son las reglas del juego que eligió jugar porque sabe cómo jugarlo y lo que ella se juega en ello. Superficial y burbujeante en sus expresiones pero un tanto sarcástica y espesa en sus pensamientos que muy de tanto en tanto afloran a sus labios y –como poseída– se pronuncian con una mezcla de amargura y desconcierto. De pronto, la reaparición de Gatsby (con quien hizo el amor o –como Fitzgerald insinúa con elegancia– acaso fue forzada a hacerlo antes de su partida a la Gran Guerra) es una inesperada nueva ficha en un tablero al que, piensa, puede patear. Pero sí, pero quién sabe, pero no. Y finalmente opta por la seguridad de lo malo conocido que puso una sortija en su dedo y la enlazó con un collar de perlas de 350.000 dólares (Daisy entonces fantaseó con cancelar boda y huir con rumbo a Gatsby, pero se le pasó a los pocos minutos) en lugar de por la inestabilidad de ese fuera de la ley quien le promete la forajida imposibilidad del mundo entero que tal vez, finalmente, no sea otra cosa que todo su muy sublimado amor. Mientras tanto y hasta entonces, Daisy se emociona hasta las lágrimas ante la profusión de las «camisas maravillosas» de Gatsby y, antes, al nacer su hija, a solas en el hospital y sin su esposo a la vista, al enterarse de que es madre de una niña, Pammy, se dice a sí misma y se lo cuenta a Nick años después: «Estupendo. Me alegra que sea una niña. Y espero que sea tonta. Es lo mejor que en este mundo puede ser una chica: una tontita preciosa… Ya ves, creo que la vida es terrible. Todo el mundo lo piensa, las personas de ideas más avanzadas. Y yo lo sé. He estado en todas partes, he visto todo y he hecho todo. Sofisticada… Dios mío, ¡qué sofisticada soy!».[42]

Y es el propio Gatsby quien –pensando que la ha reconquistado– no puede sino casi temblar cuando dictamina, en una de las frases más citadas de la novela, que su voz «está llena de dinero». A lo que Nick, casi maravillado por la percepción de su flamante mejor amigo, añade: «Así era. No lo había entendido hasta entonces. Llena de dinero: ése era el encanto inagotable que subía y bajaba en aquella voz, su tintineo, su canción de címbalos y campanillas… En la cumbre de un palacio blanco la hija del rey, la chica de oro…».[43]

42. Palabras casi textuales pronunciadas por Zelda Fitzgerald –y anotadas por su marido, así consta en su *ledger*– luego de dar a luz a la hija de ambos. Eso de *beautiful fool*: ese que, sí, en verdad es el hermoso y atontado Gatsby.

43. El personaje de Daisy Buchanan está directamente inspirado en Ginevra King, cuasi-novia de juventud de Fitzgerald y gran trauma sentimental (al ser descartado, en palabras del enamorado, «con el más supremo de los aburrimientos e indiferencia» por no ser lo suficientemente adinerado) cuyos efectos irradiaron buena parte de los relatos y novelas del autor fundiéndose, años más tarde, con las radiaciones de la para él igualmente traumática Zelda Sayre Fitzgerald. En 1937 –ya divorciada de un muy bien

Lo que no quita que –pasivo-agresiva y víctima victimaria de manual a la que, aun así, por momentos, se quiere comprender y justificar y redimir– la chica de oro se prive de atropellar a la amante lumpen de su marido y dejar que la culpa caiga sobre su amante nuevo-rico.

Abandonad toda esperanza quienes penetren en Daisy Buchanan.

† THOMAS «TOM» BUCHANAN, o EL BUEN VILLANO. Todos hemos conocido y sufrido en nuestras vidas a por lo menos un Tom Buchanan. Lo importante es no serlo. Uno de esos tipos de vida muy acomodada pero tan incómodo para casi todos los demás. Mala persona de buena familia. Padre distante y marido tóxico y amante violento. Racista recomendador de lecturas e ideologías que abonarán y anticipan, ya a principios de los años '20s, futuros estallidos que rebautizarán la hasta entonces conocida como Gran Guerra (porque supuestamente sería

---

económicamente dotado militar– King contactó a Fitzgerald en Santa Barbara y le propuso un encuentro para evocar viejos tiempos. Fitzgerald, en una carta a su hija, explicó que dudó mucho en aceptar para así «mantener la ilusión perfecta». Pero finalmente fue, bebió demasiado, y no dejó de acosarla telefónicamente durante varios días. Ginevra King no volvió a ver a Fitzgerald y al poco tiempo volvió a casarse con el dueño de una cadena de tiendas por departamentos de Chicago. Más detalles sobre todo esto en *The Perfect Hour: The Romance of F. Scott Fitzgerald and Ginevra King, His First Love*, de James L. W. West III (2006).

la última) como apenas primera parte de los mejores y más monstruosos efectos especiales de la Segunda Guerra Mundial. Tom es, también, probablemente, el «malo» de una novela en la que nadie es del todo bueno. Y en su actitud bravucona y casi *bully* no cuesta demasiado ver una versión apenas subliminal de ciertos comportamientos de Hemingway con Fitzgerald.[44]

Tom –marido de Daisy y rival de Gatsby– es, probablemente, insisto, el personaje más desagradable de *El Gran Gatsby*; pero, paradójicamente, también es el más leal consigo mismo y sincero con los demás. De acuerdo, en más de una ocasión es un miserable; pero él nunca dijo que no lo fuese. Lo que ves es lo que hay. Y sus mentiras de esposo infiel no son, para él, más que las verdades irrenunciables que lo obligan a ser absolutamente fiel a su *way of life* y clase y cuerpo que, según Nick, «era un cuerpo capaz de desarrollar una fuerza enorme: un cuerpo cruel» y del que brotaba una «voz de tenor, ronca y bronca, aumentaba la impresión de displicencia que transmitía. Aquella voz tenía un dejo de desprecio paternal, incluso hacia la gente que le caía simpática. Había hombres en New Haven que lo detestaban». Atleta en Yale, implacable jugador de polo, supremacista para quien casi todos los demás son seres inferiores (a sim-

---

[44]. Aunque el primer modelo para el poco modélico Tom Buchanan parece haber sido William «Bill» Mitchell, primer marido de Ginevra King.

ple vista, no duda en ver más allá de la fachada de Gatsby y de inmediato catalogarlo como un «*Mr Nobody from Nowhere*», un «Don Nadie de No Sé Dónde»). Buchanan es, también, casi conmovedoramente, insaciable insatisfecho (a su manera, como Gatsby, no quiere otra cosa que recuperar su pasado) porque, según Nick, seguía «buscando ansiosa y eternamente la dramática turbulencia de algún irrecuperable partido de fútbol». Y, como en un match, Buchanan no duda en cometer falta y fingir lesión y que otro cargue con culpa y castigo. Buchanan es capitán y estratega de equipo donde juega sólo para ganar siempre. De ahí que Daisy opte por continuar siendo su pasiva *cheerleader* luego de que éste ejecute la jugada maestra que resulta en dos muertes más como consecuencia del muy conveniente atropello de su cada vez más incómoda amante. Así, la noche antes de la consumación del «holocausto», Nick espía a Tom y a Daisy a través de una ventana. Y los descubre sentados «a la mesa de la cocina, uno frente al otro, con un plato de pollo frío entre los dos y dos botellas de cerveza. Él hablaba con absoluta concentración y, muy serio, apoyaba su mano en la de Daisy, cubriéndosela. De vez en cuando ella levantaba la vista, lo miraba y asentía. Estaban tristes, y no habían tocado ni el pollo ni la cerveza, pero no se sentían desdichados. Había en la escena un aire de intimidad, de naturalidad, cualquiera los hubiera tomado por dos conspiradores».

Tiempo después, Nick se cruza con Tom por la Quinta Avenida. Se niega a darle la mano –discuten, Nick acusa y Tom se justifica– y finalmente se la estrecha, porque «parecía absurdo no hacerlo, porque de repente fue como si estuviera hablando con un niño». Antes, Nick pronuncia –despidiéndose de todo eso y de todos ellos– otro de los párrafos más citados y precisos y preciosos de la novela: «No podía perdonarlo ni demostrarle simpatía, pero entendí que, para él, lo que había hecho estaba completamente justificado. Sólo era desconsideración y confusión: Tom y Daisy eran personas desconsideradas. Destrozaban cosas y personas y luego se refugiaban detrás de su dinero o de su inmensa desconsideración, o de lo que los unía, fuera lo que fuera, y dejaban que otros limpiaran la suciedad que ellos dejaban...».

En su momento, algún comentarista político comparó a Buchanan con Kennedy, con Clinton, con Obama, con Trump. También los compararon, a todos ellos, con Gatsby.

† JORDAN BAKER, o LA CHICA VELOZ. En su nombre y apellido comulgan las marcas de dos populares y veloces fabricantes de automóviles de la época: la Jordan Motor Car Company y la Baker Motor Vehicle.[45] Y, sí, Jordan

---

45. De nuevo, personaje ficticio inspirado en persona real: Edith Cummings, campeona de golf y amiga de Ginevra King.

Baker es una muy bien aceitada chica veloz. Una *fast girl* no de cascos ligeros sino de ruedas rápidas. Y, según Nick Carraway, «incurablemente deshonesta». Pero Nick se equivoca: en el ambiente de hipocresía general que la rodea, Jordan es, a su manera, honesta. Habitual portada de revista y golfista caída en desgracia por hacer trampa en los links, Jordan –amiga íntima de Daisy Buchanan pero no por eso cercana– conoce perfectamente las curvas peligrosas y los caminos sinuosos por los que se conduce. Es buena confidente, se expresa con las palabras justas: «A mí me gustan las fiestas con mucha gente. Son muy íntimas. En las fiestas con poca gente no existe la privacidad». Y su tenue y suave romance con Nick (relación que él define con un «No es que me hubiera enamorado, pero sentía una especie de curiosidad, de ternura») no llega a más que a flirteo entre quienes se saben más cargados testigos de cargo/cómplices que amantes desenfrenados. Saben y vieron y oyeron demasiado. Y, a su final, ella lo escucha con una sonrisa entre triste y piadosa. Jordan es la versión más que corregida y aumentada de Daisy (no se limita a flotar, también se zambulle de cabeza y nada) y, sin lugar a dudas, podría ser narradora a la altura de Nick de una versión alternativa de *El Gran Gatsby*.

† MYRTLE y GEORGE B. WILSON, o LAS VÍCTIMAS DE LAS CIRCUNSTANCIAS. Matrimonio mal avenido que habita entre las rui-

nas del Valle de las Cenizas, junto al restaurante griego de Michaelis. Clase baja aún más caída por culpa del aletear y acercarse demasiado al sol de la clase alta que los considera peones útiles en sus partidas y llegadas. Myrtle Wilson (quien tiene en su hermana Catherine una suerte de versión de Jordan Baker en lo que hace a Daisy Buchanan) es la amante circunstancial y objeto sexual de Tom Buchanan. Y George B. Wilson es su mecánico. Y, al final, el amor se rompe y la máquina se descompone y tiene lugar el atropello de una y el disparo de llegada del otro. A su manera, ambos son tan ilusos y enamorados y soñadores como Gatsby.

† MEYER WOLFSHIEM, o EL JUDÍO INTRIGANTE. Gangsteril jefe en la sombra de Jay Gatsby, Meyer Wolfshiem[46] le valió a Fitzgerald acusaciones de cuasi-antisemitismo por su caracterización exagerada que lo acerca un tanto a lo caricaturesco y a aquel Fagin de Charles Dickens en *Oliver Twist*. Pero Wolfshiem –aunque apenas aparezca en la novela y en realidad prefigure a esos fascinantes canallas en las novelas de Saul Bellow– es un personaje más que interesante y perturbador: contraparte oscura de ese buen benefactor que fue Dan Cody en la

---

46. También con contraparte real: el mega-corredor de apuestas y turbio hombre de negocios Arnold Rothstein al que en su momento se responsabilizó del escándalo de los Black Socks.

juventud de Gatsby, Wolfshiem usa gemelos de camisa hechos con «los mejores molares humanos». Y, detalle profético, el nombre de su compañía/fachada es, ya en 1922, The Swastika Holding Company. Está claro que, para Wolfshiem –de quien se afirma, entre otras hazañas criminales, apañó la Serie Mundial de baseball de 1919–, Gatsby es un intermediario útil y seductor y casi, como para Nick Carraway, un apuesto/dispuesto muñeco de ventrílocuo. «Yo lo hice un hombre de negocios. Lo saqué de la nada, directamente del arroyo. Me di cuenta enseguida de que era un joven con buena apariencia y aires de señor. El tipo de hombre al que llevarías encantado a casa y le presentarías a tu madre y a tu hermana», lo define Wolfshiem a Nick con aires de George Higgins muy orgulloso de su Eliza Dolittle, de su *My Fair Gentleman*. Alguien que –cuando Gatsby empieza a preocuparse más por la luz verde que por los verdes billetes– ya no se le hace tan práctico y mucho menos confiable. Invitado al funeral de Gatsby, Wolfshiem se excusa: «Cuando matan a un hombre, no me gusta mezclarme en eso. Me quedo al margen. Cuando era joven, era distinto: si moría un amigo, y no importaba cómo, lo acompañaba hasta el final. Quizá le parezca sentimental, pero lo digo en serio: hasta el final, por amargo que fuera… Tenemos que aprender a demostrarle nuestra amistad a un hombre cuando está vivo y no muerto. Después mi regla es que cada uno se las arregle como pueda».

† OJOS DE BÚHO & KLIPSPRINGER, o LOS (DES)CONOCIDOS DE SIEMPRE. Suerte de hamletianos Rosencrantz y Guildenstern, Ojos de Búho[47] y Klipspringer son habitués y aprovechadores de las fiestas *chez* Jay Gatsby. El parasitario Ewing Klipspringer (también conocido como «El Huésped» o «El Interno») está siempre allí por conveniencia y placer y de tanto en tanto toca el piano con fingido entusiasmo. Ojos de Búho, en cambio, parece sentir verdadero afecto y hasta admiración por Gatsby (o por su colosal y draculina biblioteca, porque «son libros de verdad» y no simple decoración). Klipspringer no asiste al funeral de Gatsby (pero sí le reclama a Nick Carraway el envío de unas zapatillas de tenis que se olvidó en la mansión). Ojos de Búho, en cambio, aparece sin que nadie lo espere en el entierro de Gatsby (es el único asistente junto a Nick y al padre de Gatsby) y, el ataúd desciende a la tumba, es quien pronuncia ese, afectuoso y casi tierno, «Pobre hijo de puta».

† HENRY C. GATZ, o EL SANTO PADRE. «Un anciano solemne, desolado y confundido, que se protegía del caluroso día de septiembre con

---

47. Apodo con el que se conoció al cuentista Ring Lardner –amigo y compañero de alcoholes de Fitzgerald durante su estadía en Great Neck– cuando trabajaba como periodista deportivo. Fitzgerald, al igual que a Hemingway, lo presentó a Maxwell Perkins para su fichaje en Scribner's donde publicó su primer libro de relatos con el formidable título de *How to Write Short Stories* (1924).

un largo abrigo barato». Llega, para sorpresa y emoción de Nick Carraway, a la ya desvalijada pero, aun así, para el padre de Gatsby, esplendorosa mansión. Son las últimas páginas de *El Gran Gatsby* y allí protagoniza uno de los momentos más conmovedores de la novela evocando al joven hijo muerto (nada se precisa sobre la madre) y terminando de revelar el pasado de Jay Gatsby cuando era tan sólo Jimmy Gatz.[48] Es allí, camino al entierro, cuando le muestra a Carraway ese ejemplar de *Hopalong Cassidy*[49] en el que Jimmy estableció su «HORARIO» y «PROPÓSITOS GENERALES» para triunfar en la vida, para *engrandecerse* hasta ser Gatsby. Allí se lee: «Leer una revista o un libro provechosos a la semana».[50] El padre de Gatsby

---

48. Y revelación tan inesperada como conmovedora en su voz paternal y, sí, *otro* pasado irrepetible: «Fue a verme hace dos años y me compró la casa donde vivo ahora. Nos dejó destrozados cuando nos abandonó, pero ahora veo que tenía motivos para hacerlo. Sabía que tenía un gran futuro por delante. Y en cuanto empezó a tener éxito fue muy generoso conmigo… Una vez me dijo que yo comía como un cerdo y le pegué».

49. No me parece casual la elección del joven Gatz: un western, el gran género original americano con el legítimo y rudo *gunslinger* como antepasado más que cercano del refinado gangster fuera de la ley. No está de más señalar que este libro –que en la novela el joven Gatz apunta en 1906– no sería publicado sino hasta 1910.

50. En 2013 se publicó el posible inspirador de todo esto: *The Thoughtbook of F. Scott Fitzgerald: A Secret*

al final –como el de Nick al principio– es el pasado que no se repite; porque, como postuló Faulkner, no pasa, porque ni siquiera es pasado.

† LOS OJOS DEL DOCTOR T. J. ECKLEBURG & LA LUZ VERDE. No son personas –son un cartel al costado del camino y una baliza al otro lado de la bahía– pero sí son casi personajes casi protagónicos de *El Gran Gatsby*. El cartel de oculista en el que «los ojos del doctor T. J. Eckleburg son azules y gigantes: sus pupilas[51] casi alcanzan un metro de altura. No miran desde una cara, sino desde unas enormes gafas amarillas que se apoyan en una nariz inexistente» y parecen simbolizar la divina vigilancia de a quien no se le escapa nada de lo que ocurre entre los mortales. Y esa luz verde que un contemplativo Jay Gatsby no puede dejar de ver y querer alcanzar. Así y en eso lo descubre Nick Carraway por primera vez: «Decidí llamarlo. Miss Baker había mencionado su nombre durante la cena, y eso serviría de presentación. Pero no lo llamé, porque de pronto dio pruebas de sentirse a gusto solo: extendió los brazos de un modo extraño hacia el agua oscura y, aunque yo estaba lejos, habría jurado que temblaba. Miré al mar… y no vi nada, salvo una luz verde, lejana y mínima, que

---

Boyhood Diary (ed. Dave Page), escrito por Fitzgerald a sus catorce años.

51. Retinas en el original, errata posteriormente enmendada.

quizá fuera el extremo de un muelle». Esa luz verde es la que simboliza ese pasado que se quiere repetir y en el que Gatsby creía; pero que, finalmente, no es otra cosa que el futuro orgásmico que año tras año retrocede ante nosotros.

Gatsby para principiantes

Recordar aquel inolvidable sketch de los Monty Python con concurso televisivo en el que se desafiaba a los participantes a resumir/destilar el argumento de la colosal y maximalista *En busca del tiempo perdido* de Marcel Proust en quince segundos (la primera vez en chaqueta y pantalón y corbata, la segunda en traje de baño).[52] De aplicarse el mismo principio a *El Gran Gatsby* —novela que aun los que no la leyeron más o menos saben qué cuenta, como ocurre con *La Odisea* o *Romeo y Julieta* o *La metamorfosis* o *1984*— está claro que la tarea sería más sencilla. Y podría ser «Ah, trata de un hombre obsesionado por una mujer a la que alguna vez amó cuando no era nadie y ama cada vez más ahora que quiere serlo todo; pero ella está casada y…».[53] O abrir

---

52. Una carta de Fitzgerald a Hemingway del 28 de diciembre de 1928 se despide con un: «Recuerda, Proust está muerto, para la gran envidia de tu colega y chismoso Scott».

53. Si se lo piensa un poco, todo *El Gran Gatsby* podría condensarse y caber en esa oración de Proust en la que se dictamina que «las perturbaciones de la memoria están ligadas a las intermitencias del corazón».

un poco el foco y decir que «*El Gran Gatsby*, a través de los ojos de su narrador, Nick Carraway, retrata aquella alocada década de los años '20s, marcada por la ley seca, el jazz y las grandes fiestas que afloraban sobre un mundo de negocios poco lícitos, corrupciones y sueños inalcanzables». O, si se trata de ponerse un tanto más lírico-conceptual, cabría afirmar que *El Gran Gatsby* «se ocupa de la imposibilidad de hacer real el Gran Sueño Americano pero valiéndose de un *idioma* tan hermoso y perfecto –tan soñador y de ensueño– que, sin embargo, vuelve verdadera y triunfal y realizada a esa ambición reformulándola como al más triunfal de los fracasos o la más perdedora de las victorias (y de que, a nivel individual, es tan importante lo que se es como lo que se quiere ser)». O si se prefiere no complicarse: Wikipedia. Y anotarse lo que allí se resume –copiándolo para copiarse– con letra minúscula en puño de maravillosa camisa de seda de esas que conmueven hasta a la más (in)sensible. O, mejor, trazar una especie de cuadro sinóptico y maravillarse frente a su precisa y bien calculada arquitectura de episodios ensamblándose dramáticamente hasta configurar el rumbo de una tragedia inevitable. O dejar de lado los grandes acontecimientos y concentrarse en los no por pequeños menos decisivos detalles, en esas formidables escenas, en esas frases a citar a ciegas: las descripciones clínicas y líricas al mismo tiempo de lugares y de época que la convierten en novela histórica ya desde su presente absoluto; la balzaciana cartografía clasista de East Egg (la *old-respected money* de Tom y Daisy Buchanan) & West Egg (la *new-dirty money* de Jay Gatsby y la *no much-money* de Nick Carraway, aunque su sueldo le alcance para permitirse una casi invisible sirvienta finlandesa);[54] la teatralidad de película en inflamables e inflamados diálogos primero chispeantes y enseguida incendiarios; la luz verde y el Rolls-Royce amarillo que muchos ven de color diferente (y cabe apuntar que *El Gran Gatsby* es una novela muy *colorida*, aludiendo constantemente a lo cromático como tonal-emocional y, sí, esas camisas multicolores arrojadas desde lo alto, ese traje rosado); las constantes y emotivas y no emoticonas llamadas telefónicas y el mayordomo de Gatsby anunciándolas casi como oráculo; la perturbadora obsesión con lo ocular; las cortinas agitadas por el viento «como banderas pálidas» y las dos jóvenes (Daisy y Jordan) flotando «como en un globo sujeto a tierra» en sus vestidos blancos; la enumeración de bebidas alcohólicas; la casi adicción de Gatsby a pronunciar ese afectado pero afectivo «*old sport*» más para autoconvencerse que convencer de su paso ligero por Oxford; la súbita y casi profética modulación de

---

54. Transparentes geo-traducciones de, en Long Island, la Great Neck *nouveau riche* (donde se mudaron los Fitzgerald en 1922 y poblada por financistas en racha y estrellas de Broadway y bohemios *de prestige*) y de la tradicional Cow/Manhasset Neck habitada por herederos de varias generaciones.

la por entonces no muy frecuente palabra *holocausto* al consumarse la tragedia; las constantes invocaciones a lo acuático y a lo lunar influyendo en las mareas de ahogados existenciales y lunáticos sentimentales; ese muy simbólico reloj roto contra el que Gatsby apoya su cabeza[55] y la preocupación por la fugacidad del tiempo y la llegada de una nueva edad y era más allá de los veinte años y de los años '20s mientras una banda toca y canta con voz de HAL 9000[56] «Three O'Clock in the Morning» que, para Fitzgerald, era la hora precisa y eterna «en la noche oscura del alma»… Todos estos y muchos más elementos e ingredientes exactos que, al combinarse, acaban convirtiéndola en una novela fantástica en el sentido más estricto del término: porque es así como su perfecto balance al mantener el equilibrio de una trama que (en apretado resumen) resulta perfectamente inverosímil hace de *El Gran Gatsby* un clásico irrefutable. Clásico no sólo porque, de nuevo, casi todos sepan de qué va aunque nunca hayan ido a él, sino porque –con profunda delicadeza describiendo la superficie de lo supuestamente realista– persigue y alcanza aquello que sólo capturan los más indiscutibles clásicos: no el apenas imitar la vida

---

55. Henry James creía que somos definidos por los objetos que nos rodean. Fitzgerald va más lejos en *El Gran Gatsby* y demuestra que acabamos *siendo* los objetos que nos rodean.

56. Ya se sabe, chiste privado: «*Daisy… Daisy…*».

sino el reemplazarla por completo por algo mucho mejor, mejor escrito.

Entonces –tan telescópica como microscópicamente– resumen de lo redactado y contado y publicado en 1925 a toda velocidad, a cien años por hora, ahora, con wiki-estilo indigno de Fitzgerald pero útil para todo aquel quien, como Gatsby, necesita aparentar tantas cosas y, entre ellas, que leyó *El Gran Gatsby* para redactar ensayo o rendir examen escolar.

A modo de aperitivo, la entrada de la *Encyclopædia Britannica*:

«*El Gran Gatsby*, novela del estadounidense F. Scott Fitzgerald, publicada en 1925. Cuenta la historia de Jay Gatsby, un millonario hecho a sí mismo, y su búsqueda de Daisy Buchanan, una joven adinerada a quien amó en su juventud. 1922: el libro está narrado por Nick Carraway. Después de mudarse al ficticio West Egg en Long Island, Nick conoce a Gatsby, quien le pide ayuda para volver a conectarse con Daisy, ahora casada con Tom Buchanan. Gatsby y Daisy reavivan su relación. Tom descubre la aventura y se enfrenta a Gatsby, revelando cómo Gatsby hizo su fortuna vendiendo alcohol ilegal. Mientras conduce el coche de Gatsby, Daisy atropella y mata a Myrtle Wilson, la amante de Tom. Más tarde, el marido de Myrtle mata a Gatsby y luego se suicida. Inicialmente recibió críticas regulares, pero *El Gran Gatsby* ganó popularidad en los años '50s y ahora es considerada obra maestra de la literatura estadounidense.

Ha inspirado varias adaptaciones cinematográficas».

Y para más –pero nunca del todo suficientes– detalles en una novela hecha de detalles pero presentados aquí, casi con culpa y vergüenza, con la prosa menos fitzgeraldiana posible:

Nick Carraway, un joven de Minnesota, llega a New York en el verano de 1922 para trabajar en Wall Street. Alquila bungalow en el distrito de West Egg de Long Island: zona de nuevos-ricos. El vecino de Nick en West Egg es un misterioso hombre llamado Jay Gatsby quien, en su gigantesca mansión gótica, celebra extravagantes fiestas todos los sábados por la noche. Nick no es como los demás habitantes de West Egg: estudió en Yale y tiene contactos en East Egg, donde vive la clase alta tradicional. Una noche, Nick va a East Egg a cenar con su prima segunda Daisy y el marido de ésta, Tom Buchanan, antiguo compañero de Nick en Yale. Daisy y Tom le presentan a Jordan Baker: hermosa y cínica joven con la que Nick entabla breve y nunca del todo consumada relación romántica. Jordan le cuenta que Tom tiene una amante, Myrtle Wilson, quien vive en el Valle de las Cenizas, vertedero industrial entre West Egg y Manhattan. Poco después de esta revelación, Nick viaja a New York con Tom y Myrtle. Durante una juerga en el apartamento que Tom alquila para sus aventuras, Myrtle empieza a burlarse de Tom y a invocar el nombre de Daisy, y Tom le rompe la nariz. Avanza el verano y Nick es invitado a una de las legendarias fiestas de Gatsby. Allí, se encuentra con Jordan y conoce a Gatsby. Gatsby pide hablar con Jordan a solas y luego, a través de Jordan, Nick conoce más acerca de su misterioso vecino. Gatsby le contó a Jordan que conoció a Daisy en Louisville en 1917 y que está profundamente enamorado de ella. Y que pasa muchas noches mirando la luz verde al final del muelle de Daisy, al otro lado de la bahía. Y que su extravagante *way of life* y sus enloquecidas fiestas enloquecedoras son, simplemente, un intento de impresionar a Daisy. Gatsby quiere ahora que Nick organice reencuentro entre él y Daisy; pero teme que Daisy se niegue a verle si sabe que él aún la ama. Así, Nick invita a Daisy a tomar el té en su casa, sin decirle que Gatsby también estará allí. Tras el reencuentro, Gatsby y Daisy reanudan su relación. Su amor se reaviva. Tom sospecha cada vez más de la relación de Daisy con Gatsby. En un almuerzo en casa de los Buchanan, Gatsby mira a Daisy con tal pasión que Tom comprende que está enamorado de ella y, aunque él tiene *affairs*, le enfurece la idea de que su mujer pueda serle infiel. Tom casi obliga al grupo a conducir hasta New York, donde se enfrenta a Gatsby en una suite del Hotel Plaza. Tom afirma que él y Daisy tienen una historia que Gatsby nunca podría entender, y revela a su mujer que la fortuna de Gatsby proviene de actividades ilegales. Daisy duda y solloza y Tom la envía de vuelta a East Egg con Gatsby para así demostrarle que ha perdido el duelo, que no le preocupa dejarlos a solas. Nick recién entonces recuerda que es su «amenazador» cumpleaños número treinta. Sin embargo, cuando Nick, Jordan y Tom atraviesan el Valle de las Cenizas, descubren que el coche de Gatsby ha atropellado y matado a Myrtle, la amante de Tom. De regreso en Long Island, Nick se entera por Gatsby de que Daisy conducía el coche que arrolló a Myrtle, pero Gatsby asume la culpa mientras espera, en vano, la llegada de Daisy. Al día siguiente, Tom le dice al marido de Myrtle, George Wilson, que Gatsby era el conductor del coche. George concluye que el conductor del coche que mató a Myrtle debía ser su amante, encuentra a Gatsby en la piscina de su mansión y lo mata de un disparo. Nick organiza el funeral de Gatsby al que sólo asisten el padre de Gatsby y Ojos de Búho. Nick pone fin a su relación con Jordan y regresa al Medio Oeste, al corazón del corazón del país, para escapar del asco que siente por la decadencia moral de quienes le rodean: esa «diferencia» de los ricos de la Costa Este. Nick reflexiona acerca de que –al igual que el sueño romántico de Gatsby se vio corrompido por la ambición deshonesta– la felicidad del Sueño Americano no es más que ansias de riqueza. Y de que –aunque el poder de Gatsby para transformar sus sueños en realidad es lo que le hizo «Gran»– Nick comprende que la era de los sueños, tanto del sueño de Gatsby como del Sueño Americano, ha terminado.

Y que aquel reloj roto era ahora un despertador que funciona y cuya campanilla suena a bang-bang.

La luz *noir*

Novela romántica, novela de clase,[57] novela política sobre «los campos oscuros de la república» y –*last but not least*– *El Gran Gatsby* es, también, una gangsteril novela *noir* y *hard-boiled*: esa *condición* acuñada por los soldados de la Primera Guerra Mundial para referirse a sus más feroces sargentos. Fitzgerald introduce el término –como sinónimo de *adusto* o *curtido*– en sus primeras páginas. Y volvió a él en su prólogo de 1934 para la reimpresión de la novela donde se define a sí mismo como «*a hard-boiled professional*». Un tipo duro o, más bien, endurecido de la peor manera posible. Además, tener en cuenta que *gat*, en el slang de los años '20s, equivalía a *revólver*. Más allá de esto, pensar en Fitzgerald como en uno de esos escritores que cruzó sin dificultad y con gran elegancia la línea que separa a la supuesta alta cultura de la baja popular; y de ahí el regocijo explícito de la novela en introducir elementos típicos de la novela negra: las reverberaciones de Chicago como ciudad fuera de ley, autos a toda velocidad, negocios oscuros, mafiosos de cuidado, muertes violentas, fiestas con alcoholes de contrabando, mujeres fatales, crímenes

---

57. Saul Bellow: «Las novelas de Fitzgerald me gustan más que las de Hemingway, pero a menudo siento que Fitzgerald no supo distinguir entre el inocente y el trepador social. Estoy pensando en *El Gran Gatsby*».

más fatales aún…[58] No es casual que la sombra de *El Gran Gatsby* se proyecte a lo largo de los años en varias de las mejores novelas de género en las que la amistad y la lealtad y la traición son temas y sentimientos principales: *La llave de cristal* de Dashiell Hammett, *El largo adiós* de Raymond Chandler (donde un escritor alcohólico tiene la sobriedad de brindar por Fitzgerald),[59] *El Caso Galton* y *Dinero negro* del muy

---

58. El muy interesante ensayo *Careless People: Murder, Mayhem and the Invention of «The Great Gatsby»* (2013) de Sarah Churchwell investiga y resuelve la posibilidad de que una de las fuentes de inspiración para Fitzgerald mientras escribía su novela fuese el por entonces célebre y escandaloso y *true crime* caso de los asesinatos Hall-Mills en boca y tinta de todos los periodistas y periódicos. En su *The Dream of the Great American Novel* (2014), Laurence Buell hace, también, un interesante paralelismo o «doble hélix» entre *El Gran Gatsby* y *An American Tragedy* de Theodore Dreiser (también de 1925, también inspirada en un *true crime* de renombre).

59. Chandler siempre tuvo entre sus proyectos escribir un guión para cine de *El Gran Gatsby*. Al no conseguirlo escribió *El largo adiós*. Y en una carta a Dale Warren de 1950 se explayó acerca de su fascinación y admiración hacia Fitzgerald: «Tenía una de las cualidades más raras de toda la literatura; y es una gran lástima que los mafiosos de la cosmética hayan degradado completamente la palabra, de modo que uno casi se avergüenza de usarla para describir una distinción real. Sin embargo, la palabra es *encanto*: encanto como la habría usado Keats. Arte puro y cristalizado y completo… ¿Quién lo tiene hoy? No es cuestión de una escritura bonita o de un estilo claro. Es una especie de magia tenue, controlada y exquisita; esa que se consigue en los buenos cuartetos de cuerda».

fan Ross Macdonald, *El último beso* de James Crumley, o la reciente *An Honest Living* de Dwyer Murphy son novelas inequívocamente gatsbyanas-carrawayanas, del mismo modo en que un film como *Casablanca* tiene mucho de fitzgeraldiano. Para comprender esto –esta compulsión de la novela por lo *hard-boiled*– basta con darle un vistazo a la adaptación fílmica de *El Gran Gatsby* de 1949 (dirigida por Elliott Nugent y con Alan Ladd en el rol de Gatsby) y donde se intensifica el efecto de género y se comete el crimen imperdonable de que su héroe finalmente se muestre arrepentido de todo lo que hizo y de ser quien en verdad no es. Allí, el personaje del millonario benefactor/tutor/mentor con yate Dan Cody adquiere un perfil decididamente mefistofélico. Y se nos muestra a nuestro héroe vaciando su pistola desde un convertible a toda velocidad mientras una voz en off nos informa que «Gatsby construyó un oscuro imperio porque llevaba un sueño en su corazón». La reedición *tie-in* con la película mostraba a un Ladd de torso desnudo junto a una piscina con Howard Da Silva (en el rol de George Wilson) apuntándole con un revólver por la espalda y listo para apretar el gatillo del sueño eterno. Sí: en *El Gran Gatsby* pueden detectarse ya las primeras radiaciones seriales y negras de James M. Cain y Jim Thompson y David Goodis y Horace McCoy. Y no es casual que el cinéfilo David Thomson invocase a «Jay Landesman Gatsby» en su muy ingeniosa a la vez que sentida novela coral-pulp-celuloidal *Sospechosos*.

Aunque –en la gran pantalla– tal vez la aproximación más cercana al gangster gatsbyano sea la de los amistosos David «Noodles» Aaronson (Robert De Niro) y Maximilian «Max» Bercovicz (James Woods) en la magistral *Once Upon a Time in America* (1984) de Sergio Leone: allí, pandilleros judíos en tiempos de Prohibición, amor desde siempre obsesivo y hasta la violación por la Daisy de turno (Elizabeth McGovern como Deborah Gelly), jazz y fiestas. Y, por supuesto, esa casi adictiva necesidad de recuperar el pasado para, recién desde el presente, comprenderlo mejor (también, sí, muchos teléfonos que suenan y resuenan a la espera de ser atendidos) mientras en la banda de sonido se oye *cover* de canción que bien podría ser rebautizada como «Gatsby's Theme»: «Yesterday» de The Beatles, quienes también cantaron eso de «todo lo que necesitas es amor» pero que «el dinero no puede comprármelo».

El pasado (ir)repetible, la felicidad presente y el orgásmico (no orgiástico) futuro

Y entonces, habiendo sintetizado trama y catalogado personajes y géneros, ¿de qué *en verdad* trata y sigue tratando desde hace un siglo –entendiendo que *tratar* no es lo mismo que *contar*– *El Gran Gatsby*? Trata de algo que no pasa de moda y que trasciende, inamovible y constante, a toda era. Sí: contrario a lo que puede pensarse en principio y superficialmente, nada ha afectado el paso del tiempo a la tercera novela de Fitzgerald cuyo argumento y personajes han ascendido a la categoría de paradigma y arquetipos. No es novela «de época», es «de épocas»: para siempre. Y es novela «de ideas» y «de acción» y «de sociedad» y «de amor» al mismo tiempo. Así, *El Gran Gatsby* es el más sofisticado lugar común capaz de ser narrado con perfecta funcionalidad moral de fabuloso y fabulístico y embrujado cuento de hadas de malhadadas brujas y de malhadados embrujados en reversa como Benjamin Button; o como fabuladora y mitológica *machina* perfectamente aceitada donde, cada uno a su manera, recibe su inmerecido merecido o se salva sin merecerlo. Un *Había una vez...* atemporal donde no todos sobreviven o *vivieron felices* y algunos no pueden dejar de mirar atrás y otros deciden que lo mejor es mirar hacia delante; mientras aquel que narra a uno y a otros no puede dejar de verlos aunque cierre los ojos y desee no volver a abrirlos hasta que todo lo que deba suceder haya sucedido y deje de suceder. Sí: Gatsby mira en ambas direcciones al mismo tiempo y –como trineo Rosebud al principio y al final de *Citizen Kane*, parte irrecuperable de infancia volviendo como último aliento/palabra– esa luz verde en la orilla opuesta que intenta alcanzar simboliza para él lo que fue y la posibilidad de que vuelva a ser.

Así, se sabe que Fitzgerald no podía escribir si no estaba rodeado de relojes.

Así, en *El Gran Gatsby* la palabra *time* aparece 87 veces y hay 450 alusiones a lo temporal.

Así, la primera y la última frase de *El Gran Gatsby* –su célebre comienzo y su aún más célebre final: «Cuando yo era más joven y más vulnerable, mi padre me dio un consejo en el que no he dejado de pensar desde entonces. "Antes de criticar a nadie", me dijo, "recuerda que no todo el mundo ha tenido las ventajas que has tenido tú"» y «Así seguimos, remando, botes contra la corriente, devueltos sin cesar al pasado»– refieren al paso del tiempo, al tiempo pasado haciéndose presente.

Así, una de las escenas clave de *El Gran Gatsby* es este intercambio de opiniones/credos entre Nick Carraway y Jay Gatsby:

«–Yo no le pediría demasiado –me atreví a decirle–. No podemos repetir el pasado.

»–¿No podemos repetir el pasado? –exclamó, incrédulo–. ¡Claro que podemos! –Miró a todas partes, frenético, como si el pasado se escondiera entre las sombras de la casa, casi al alcance de la mano».[60]

60. Bob Dylan –nativo de Minnesota como Fitzgerald, ya no *forever young* sino listo para ser *forever old*– en «Summer Days», incluida en su álbum *«Love and Theft»* (2001), casi aullará que *«Ella me mira a los ojos, me toma la mano / Ella me mira a los ojos, me toma la mano / Ella dice: "No se puede repetir el pasado" / Yo digo: "¿No puedes? / Qué quieres decir con '¿no pue-*

Así, *El Gran Gatsby* canta eso de *Que será, será*... al mismo tiempo –todos los tiempos juntos– que un *Qué fue, fue*... y *Qué es, es*... Y lo canta a un tiempo no perdido (aunque sí marcado por un cierto extravío de su rebuscador) sino repetido.

Así, *El Gran Gatsby* trata del modo en que sus personajes se relacionan con la idea del pasado al que siempre se quiere volver (o se quiere que vuelva), y con la idea de un presente en el que no dejan de pasar cosas cortesía de las cosas que pasaron y abriendo paso a las cosas que pasarán (incluyendo tres muertes muy violentas y cerrando como fúnebre tragedia cuasi shakesperiana algo que abrió con engañoso tono de burbujeante comedia también cuasi shakesperiana).

Así, el anhelo de una romántica y soñadora luz verde al otro lado deviene en criminal y pesadillesca luz roja.

Así, en esa última inolvidable y magistral parrafada, ese *orgastic* (sinónimo de *orgasmic*, de *orgásmico*) y no de *orgiastic* (no de *orgiástico*, como corrigió póstumamente y sin pedir permiso Edmund Wilson, y que ha distorsionado a buena parte de las traducciones a nuestro idioma). Ese orgásmico futuro que no hace otra cosa que devolvernos, contra la corriente, ha-

---

des?'. / Por supuesto que se puede"». Dylan ya había aludido con nombres y apellido a F. Scott Fitzgerald y al Mr. Jones que leyó todos sus libros en su «Ballad of a Thin Man» en *Highway 61 Revisited* (1965).

cia un pasado al que deseamos virginal y puro.

Así, lo que en principio mece cuna como Sueño Americano despierta a insomne ataúd de Pesadilla Americana.

Y suele ocurrir con muchos de los mejores y más soñadores escritores: muchas veces la obra suele ser autorretrato deformado (pero espejo al fin) de la vida de ese escritor soñador.

Gatsby (des)considerado

El 20 de abril de 1925, Francis Scott Fitzgerald recibe telegrama de Maxwell Perkins: «EXCELENTES RESEÑAS. SITUACIÓN DE VENTAS DUDOSA». Pero no eran tan excelentes. Eran más bien *mixed*: reconocimiento de avance en dirección correcta para alcanzar (pero aún no) la madurez artística.

Y, también, prestigiantes declaraciones de prestigiosos. De Willa Cather (quien dijo haberla leído con «gran placer» y tranquilizó a un paranoico Fitzgerald en cuanto a las similitudes entre un párrafo en el que describía a Daisy Buchanan y otro contenido en su *Una dama extraviada*, de 1923). De H. L. Mencken («Me colma de placenteros sentimientos»; pero cuestionando su trama como «altamente improbable» y «no más que una anécdota glorificada»[61] aun-

---

61. Reparo que, si se lo piensa un poco, es el mismo que se le puede hacer a buena parte de lo firmado por Shakespeare pero...

que redimida por «el encanto y belleza de la prosa» sin que esto evitase el entender a Gatsby como a «un payaso que se precipita hacia su muerte» mientras que «el resto de los personajes son como marionetas desanimadas de similar o aún peor calidad y cualidad»). De la muy pre-fitzgeraldiana en *La edad de la inocencia* y *Las costumbres nacionales* y post-fitzgeraldiana en *Los reflejos de la luna* y *Sueño crepuscular* Edith Wharton («Un gran salto adelante» pero, aun así, quedándose con ganas de saber más acerca del pasado de Gatsby).[62] De Gertrude Stein

62. El episodio figura –merecidamente– en toda biografía de ella y de él. Ella, Edith Wharton, era la por entonces consagrada *grand dame* de la literatura norteamericana. Y él, Francis Scott Fitzgerald, el joven paladín que viene a honrarla pero, también, a reclamar su corona en cambio de guardia y relevo generacional. Y ambos ya habían abundado en el retrato entre lírico y despiadado de modos y modales en los que la buena fortuna económica no sólo no implicaba la buena fortuna amorosa sino que, en más de una ocasión, la impedía o prohibía. Es el 5 de julio de 1925, en el Pavillon Colombe, en las afueras de París. Fitzgerald –quien ya se había burlado de Wharton en un ensayo con un «libró una buena batalla, pero con armas prehistóricas»– es invitado a tomar el té. Nervioso, Fitzgerald vacía varias copas antes, llega borracho, y pretende escandalizar a Wharton con el relato de una visita a un prostíbulo. Imperturbable, Wharton lo dejó balbucear y le escuchó atentamente. Y, cuando Fitzgerald cayó finalmente en el más alcohólico de los estupores, Wharton dictaminó: «Lo siento, pero a su historia le faltan datos y detalles». Esa noche, en su diario, Wharton apuntó: «Té con Fitzgerald (horrible)». Y (aunque

(«Aquí estamos y he leído tu libro y es un buen libro. Me gusta la melodía de tu dedicación porque muestra que tienes un fondo de belleza y ternura ,y esto es un consuelo. Lo otro bueno es que escribes tus oraciones con gran naturalidad y eso también es un consuelo»). De Thornton Wilder («Me considero ya un admirador, por no decir un estudioso, de *El Gran Gatsby*»). De Anthony Powell («Una de las mejores novelas salidas de América: expresada con concisión, rica en imaginación, lírica en estilo»). Y de T. S. Eliot (a cuya *Tierra baldía* Fitzgerald hace un guiño con su Valle de las Cenizas, y quien la considera como «el primer paso que ha dado la literatura norteamericana desde Henry James», añadiendo: «Me ha interesado y entusiasmado más que cualquier novela en muchos varios años»).

Pero a todos ellos se impone la extrañeza de críticos preguntándose qué había pretendido un escritor tan popular y alegre y de pronto «aburrido y cínico» con algo «tan dolorosamente forzado», «tan brillante para la descripción de las superficies y tan superficial cuando se trata de explicar lo profundo». Algo «inverosímil y de construcción mecánica y cruda», «un fenómeno efímeramente puro: un literario merengue de limón». Algo donde «no hubo un

---
años más tarde Fitzgerald mal trabajaría en la adaptación cinematográfica de *Los reflejos de la luna* de Wharton) nunca más volvieron a verse.

solo momento en el que leyéndolo sintiese que estaba ante un buen libro o, mucho menos, una gran novela» y el canto «de un extraño pajarito al que se me hace imposible comprender… seguramente habrá quienes disfruten leyéndolo; pero el por qué Fitzgerald debe ser considerado un autor o el por qué nosotros deberíamos comportarnos como si lo fuera, jamás me ha sido satisfactoriamente explicado». L.P. Hartley –autor de la admirable *The Go-Between*– fue, inexplicablemente, muy cruel desde la londinense *Saturday Review*: «Mr. Scott Fitzgerald se merece una buena reprimenda… Es una historia absurda, tanto se la considere como romance o melodrama o simple registro de la alta sociedad de New York… *El Gran Gatsby* evidentemente no es una sátira; pero preferiría pensar que Mr. Fitzgerald no ha puesto su corazón en ello y que no es más que una mera travesura». Otro crítico flemático y británico se alarmó por el nivel de mala conducta de los personajes norteamericanos «a los que habría que exterminar ya de alguna manera indolora». Y otro –sin firma en el *TLS*, pero intuitivo– concluyó que «se trata, indudablemente, de una obra de arte y su construcción es orgánica al punto que la propia historia es su tema: la destrucción del héroe reside en el modo en que es contada».

Y en una carta a Mencken, Fitzgerald dijo haber comprendido demasiado tarde que «hay un tremendo defecto en mi libro: la falta de un presentimiento emocional de la actitud de Daisy hacia Gatsby después de su reunión (y la consecuente ausencia de lógica e importancia del que ella acabe abandonándolo)».[63] Y el escritor envió desalentado despacho al editor donde decía que «de todas las críticas, incluso las más entusiastas, ni una ha tenido la menor idea acerca de lo que trata el libro» y que el fracaso de la novela «más que seguramente» tenía que ver con su título apenas correcto y más bien mediocre y demasiado «masculino y muscular» y con que, «acaso lo más importante», no había un personaje femenino «importante» y «son las mujeres quienes hoy controlan el mercado de la ficción». Y el escritor se despedía del editor con un «Tuyo en gran depresión». Y, de acuerdo, la novela figuró inicialmente en buena parte de las listas de best-sellers agotando primera tirada de 21.000 ejemplares; pero su veloz segunda edición de 3.000 languideció casi en su totalidad en los almacenes de Scribner's hasta luego de la muerte de Fitzgerald en 1940. Año en el que –según consigna su pago de royalties– se vendieron apenas siete ejemplares de la novela que había que encargar a la librería porque no tenían ejemplares de ninguno de sus libros (Fitzgerald tenía como perverso y masoquista hobby el

---

63. Autocrítica un tanto cuestionable e innecesaria porque, bueno, Daisy no es alguien muy emocionalmente lógica ni debe serlo.

preguntar por sí mismo y por lo suyo a libreros que le informaban una y otra vez que no tenían la menor idea acerca de quién o qué era eso por lo que les preguntaba). Y detalle aún más sórdido y tan triste: el último pago de su editorial antes de su muerte, en 1940, sumaba 13,13 dólares y devenía de la venta de unos pocos libros que, cuando hizo cuentas, le resultó a Fitzgerald que eran los que él mismo había comprado para regalar.

Y –habiendo publicado una altísima obra maestra, a celebrar que no hay mucho que celebrar y a marcar en el almanaque al verano del 1925 como uno «de 1.000 fiestas y 0 trabajo»– así comenzó la muy grande y gatsbyana y libre caída en desgracia del enorme Francis Scott Fitzgerald...[64]

---

64. En la carta de abril de 1924 en la que anunciaba a Perkins que se acercaba al final de la escritura de *El gran Gatsby*, Fitzgerald admitía, finalmente, sentirse «<u>deteriorado</u>» (subrayando esta palabra para mayor énfasis de su condición) por el incorregible modo de vida y desprolijo sistema de trabajo, produciendo cuentos sin cesar para así financiar su costoso *way of life* junto a su esposa Zelda. Y se comprometía a volver a la buena senda y dedicarse a la escritura en serio ya no apoyándose tanto en su figura de joven escritor para acelerados jóvenes filosóficos y vertiginosas chicas *flappers*. No el fracaso pero sí el no-éxito que soñaba para el *El Gran Gatsby* –a la que entendía como por fin ajena a toda intención de generacional «docu-novela» *à la page*– sumado al colapso mental de su esposa lo hundiría aún más en malacostumbradas miserias de todo tipo. Su siguiente novela, *Suave es la noche*

Gatsby (re)considerado

… para que luego pudiese alcanzar la gloria.

Hoy, el más antiguo manuscrito que sobrevive de *El Gran Gatsby* –que no es el primero, extraviado a excepción de ese par de páginas que Francis Scott Fitzgerald envió a Willa Cather para que lo absolviera de un posible plagio– descansa en una bóveda de máxima seguridad y temperatura controlada en la división de originales de la Princeton University junto a otras reliquias del autor.

Fuera de allí, *El Gran Gatsby* está hoy más vivo que nunca y en todas partes. El propio Fitzgerald –quien creía en él más que nadie– intentó varias veces traerlo de regreso del infierno de los casi descatalogados y del limbo de la compra/venta sólo por encargo a la editorial.

En 1934, la Modern Library of America la relanzó junto a un nuevo y algo desesperado y quejoso y *crack-up* (pero aun así hermoso y ele-

---

(*Tender is the Night*, 1924), aparecería recién una década más tarde; y su recepción y (des)consideración sería aún más dura y oscura que la sufrida por *El Gran Gatsby*. Y, de acuerdo, *Suave es la noche* –comparada con *El Gran Gatsby*– es imperfecta: pero sus imperfecciones son, de algún modo, perfectas. Y Fitzgerald explicará –en una carta al crítico literario Philip Lenhart fechada en abril de 1934– que «si *El Gran Gatsby* era un *tour de force*, entonces *Suave es la noche* es una prueba de fe».

gante) prólogo del autor en el que se leía, en parte, como entonando blues:

> Me estoy acercando cada vez más a mi tema principal, que es éste: me gustaría comunicar a quienes lean esta novela un saludable cinismo hacia las críticas contemporáneas. Sin vanidad excesiva, uno puede permitirse una cota de malla en cualquier profesión. Tu orgullo es todo lo que tienes, y si dejas que lo manipule un hombre que tiene una docena de orgullos que manipular antes del almuerzo, te estás prometiendo muchas decepciones que un profesional empedernido ha aprendido a ahorrarse. Esta novela es un buen ejemplo. Debido a que las páginas no estaban cargadas de grandes nombres de grandes cosas y el tema no se refería a los agricultores (que eran los héroes del momento), se ejerció un juicio fácil que no tenía nada que ver con la crítica sino que fue simplemente un intento por parte de hombres que tenían pocas posibilidades de expresarse.
> Ahora que se reedita este libro, el autor quiere decir que nunca antes se había esforzado tanto por mantener su conciencia artística tan pura como durante el tiempo que tardó en escribirlo. Ahora, puedo ver cómo se podría haber mejorado, pero sin sentirme culpable de ninguna discrepancia con la verdad… Yo acababa de releer el prefacio de Conrad a *El Negro del «Narcissus»*, y recientemente los críticos se burlaban de mí porque consideraban que mi material me impedía tratar con personas maduras en un mundo

maduro. ¡Pero Dios mío! era mi material y era todo lo que tenía.

¡Lo que descarté física y emocionalmente daría lugar a otra novela! Creo que es un libro honesto, es decir, que no utiliza nada de su virtuosismo para conseguir un efecto... De haber una conciencia tranquila, un libro puede sobrevivir, al menos en lo que uno siente al respecto.

El autor de esto siempre ha sido un «natural» para su profesión, hasta el punto de que no se le ocurre nada que pudiera haber hecho con tanta eficacia como vivir profundamente en el mundo de la imaginación. Hay muchas otras personas constituidas como él...

Pero el relanzamiento no funcionó y la Modern Library la descatalogó por falta de ventas.[65] Y *El Gran Gatsby* volvió a desaparecer de los sitios que solía frecuentar. No fue sino hasta 1945 (cuando Edmund Wilson la anexó a su edición de la inconclusa *El último magnate* más cinco cuentos; a lo que se añadió el volumen de ensayos reunidos en *El Crack-Up*)[66]

---

[65]. En 1998, la junta editorial de la Modern Library la votó mejor novela norteamericana del siglo XX y segunda mejor novela en inglés superada sólo por el *Ulysses* de James Joyce.

[66]. Artículos publicados originalmente en 1936, en el mensuario *Esquire*, y que con su agobiante carga de autoflagelación y autoconmiseración pero, también, sinceridad absoluta, escandalizaron a colegas como Dos Passos y Hemingway por «perder el tiempo» o «mostrarse como un

cuando aconteció la resurrección inmortal de la novela. Entonces, la reconsideración de su autor (y, aunque él no creyese en eso en lo que hacía a «vidas americanas», triunfal «segundo acto» que se prolonga hasta nuestros días) como indiscutible clásico moderno. Entonces, «la no rehabilitación sino apoteosis», según Charles Scribner III en el prólogo a la edición cincuentenaria en la colección Scribner Classics. Entonces, el fantasma de Fitzgerald resultó volverlo más vivo que nunca potenciado por la trágica muerte de Zelda Fitzgerald en el incendio de un sanatorio en 1958 y el morbo de una primera biografía best-seller a cargo de Arthur Mizener[67] que convertía al escritor en

---

cobarde» o «si lo que quieres es venirte abajo me parece o.k., pero sería mejor que lo hicieses en una gran novela y no en notitas para revista». Perkins consideró a los ensayos como «una indecente invasión de la privacidad de Scott a cargo de Fitzgerald». Su agente, Harold Ober, temió que no serían de gran ayuda a la hora de conseguirle trabajo. Varios amigos –«No dejo de recibirlas», comentó Fitzgerald– le enviaron cartas preocupadas y alguno consideró a los ensayos como «la fotografía mental de una experiencia universal». En un registro de su *ledger*, Fitzgerald –de ser errata más que subliminalmente reveladora– los contabiliza no como *autobiográficos* sino *biográficos*: es decir, el Fitzgerald del que leemos en *Crack-Up* no es el Fitzgerald que lo escribió.

67. *The Far Side of Paradise* (1951). «La vida de F. Scott Fitzgerald ha sido más celebrada y es más paradigmática que cualquiera de las vidas en sus ficciones», escribió John Updike.

mártir de los Años Locos y en maldito y tentador santo patrono de la De/Generación Perdida y virtual excelente-mal ejemplo de todo lo que *no* hay que hacer si eres un escritor y no quieres morir por los pecados de la literatura.[68] Semejante reinvención de las personas en personajes y de moral en moraleja en lo que hacía a su padre y madre no causó demasiada gracia a su hija y albacea y única heredera literaria y muy querida y respetada periodista y autora teatral Frances Scott Fitzgerald quien, hasta su muerte en 1986, rechazó hasta donde pudo toda maniobra de marketing que bastardease el nombre y legado de Scott y Zelda ocupándose amorosamente de la edición de varios textos inéditos.[69]

Antes, en 1945, el ASE Program (libros para consumo de las tropas, papel barato, doble columna, combativas buenas intenciones) llevó a Fitzgerald a ese frente de batalla en el que nunca pudo y siempre deseó presentar armas. Y, de acuerdo, llegó tarde, ya en tiempos de tensa paz de posguerra. Pero aun así 150.000 copias de *El Gran Gatsby* y 90.000 de antología de relatos de Fitzgerald se sumaron al equipamiento de

68. Fitzgerald en sus *Notebooks*: «Jamás hubo una biografía de un buen novelista. Si es bueno, un novelista es demasiadas personas».
69. Interesados en lo que significó vivir y crecer siendo la hija de Scott y Zelda, dirigirse a *Scottie The Daughter Of...: The Life of Frances Scott Fitzgerald Lanahan Smith* escrita por su hija Eleanor Lanahan (1995).

soldados esperando volver a casa y con mucho tiempo libre para leer en las literas europeas y japonesas de sus regimientos.

Y en 1946 fiebre del *paperback* y Bantam Books escogió a *El Gran Gatsby* entre sus diez primeros títulos y lo reimprimió seis veces entre ese año y 1950 vendiendo 140.701 ejemplares. En 1950, Penguin lo añadió a la lista de invitados a su fiesta.

Después, Gatsby –quien ya había pasado por adaptación al teatro y por película muda hoy perdida y que Scott y Zelda detestaron yéndose antes del final– salta a la radio (con Kirk Douglas como Gatsby en 1950 en *Family Hour of Stars* de la CBS). Y a la televisión (*Philco Television Playhouse* y *Robert Montgomery Presents* y *CBS's Playhouse 90*). Y el propio Fitzgerald debuta como protagonista con los rostros de Gregory Peck, Jason Robards, Richard Chamberlain, Timothy Hutton, Jeremy Irons, Jason Miller, Tom Hiddleston, Malcolm Gets, Guy Pierce o David Hoflin o con el suyo propio en *Zelig* de Woody Allen. Y documentales varios (uno de ellos presentado por el fitzgeraldista Jay McInerney)[70] así como *memoirs* surtidas (siendo las más numerosas y reveladoras de su crepúsculo las de su última pareja Sheila Graham). Y así hasta el infinito y más allá y el amor incondicional y el respeto sin atenuantes

---

70. Ahí está su proto-infra *Gatsby* en *El último de los Savages* (1997).

de colegas de varias generaciones y de todos los estilos.[71] Desde entonces y para siempre, incon-

71. Entre muchos y por sólo citar unos pocos: J. D. Salinger, autor de varios muy fitzgeraldianos relatos y vía sus personajes (Buddy Glass en *Zooey*: «Gatsby fue mi Tom Sawyer cuando tenía doce años»; y Holden Caulfield, quien acusaba al *Adiós a las armas* de Hemingway de «*phoney*», falso, en *El guardián entre el centeno*: «*El Gran Gatsby* me volvió loco. *Old Gatsby. Old sport.* Me mató eso»); Richard Yates: «La novela más nutritiva que jamás leí. De no haber existido Fitzgerald yo no sería escritor al igual que, sospecho, no lo serían muchos. Esta novela fue mi introducción formal al oficio. Cada línea de diálogo en *El Gran Gatsby* sirve para revelar más acerca de quien la pronuncia que lo que quien la pronuncia jamás sabrá o imaginará… Nadie en este país ha escrito algo mejor que la última página de *Gatsby*»; Norman Mailer: «Me hizo desear *tanto* ser escritor»; Joan Didion: «Uno de los tres libros, junto con *El buen soldado* de Ford Madox Ford y *Victoria* de Joseph Conrad, a los que siempre regreso». Adam Gopnik: «En Estados Unidos hay tres libros perfectos que parecen hablarle a todo lector: *Huckleberry Finn*, *El Gran Gatsby* y *El guardián entre el centeno*»; Tobias Wolff: «En *Gatsby* Fitzgerald vio nuestro mundo americano, porque ya entonces él escribió acerca de lo que aún hoy permanece y lo que no supieron ver sus contemporáneos»; Richard Ford: «Recientemente volví a *El Gran Gatsby* (conozco personas que se enorgullecen de leerlo una vez al año) y sólo puedo decir que cada vez me parece mejor; es uno de los libros más maduros y sofisticados y sin costuras que jamás he leído; y con él aprendí a cómo hacer entrar y salir a los personajes de una determinada escena y comprendí su estilo: ese constante deseo de decir algo astuto y acomodar toda la acción para justificar el que alguien lo diga»; Anne Beattie: «Ese raro caso en que alguien escribe una

tables novelas y relatos y «novela gráfica» alumbrados por el *evergreen* resplandor de *El Gran Gatsby* y de lo fitzgeraldiano. (A destacar, en 1945, *Retorno a Brideshead* de Evelyn Waugh o, en 1950, *El desencantado* a partir de testimonio de primera mano de Budd Schulberg. O –con amor fatal y héroe que no es lo que dice ser– *La mancha humana* de Philip Roth, del 2000.[72]

---

novela que parecía estar fuera de sus posibilidades y alcance. Y que –por suerte para él y para nosotros– pudo escribirla»; Irvin Shaw: «Su fantasma cuelga sobre todas nuestras máquinas de escribir»; Hunter S. Thomson: «Lo tecleé completo para sentir cómo se escribió». James Salter: «Fitzgerald, por supuesto: *Gatsby* y el romanticismo de lo que no se posee». David Foster Wallace: «*El Gran Gatsby*… ¡Bingo!»; y Haruki Murakami, su traductor al japonés: «El eje que utilizo para organizar las muchas coordenadas que configuran el mundo de la novela». Harold Bloom aseguró que «*El gran Gatsby* tiene pocos rivales como la gran novela americana del siglo xx». Pequeña y atendible pero, como de costumbre, perversa disonancia un tanto incomprensible (teniendo en cuenta que la novela de Fitzgerald comparte varias de sus obsesiones más recurrentes, empezando por la recuperación de un pasado ideal o idealizado, leer su muy temprana *Mashen'ka/Mary*, también de 1925, o el relato «El retorno de Chorb», o sus disquisiciones acerca de la textura del tiempo en *Ada, o el ardor*) a cargo de Vladimir Nabokov: «*Suave es la noche*, magnífica; *El Gran Gatsby*, terrible». A Nabokov también le gustó mucho *The Crack-Up*: «saludable literatura de primera clase», dijo.

72. No sólo en sus inicios, alguien definió a Roth como «el Fitzgerald de lo judío» sino que además, como en *La mancha humana*, algún académico hasta ha detec-

O la muy original *Netherland: El club de críquet de New York* de Joseph O'Neill, en 2008. O *La línea de belleza* (2004) de Allan Hollinghurst y *La Casa Golden* (2017) de Salman Rushdie. O la muy apasionada *outsider/insider* y obsesiva *Los destrozos*, 2023, de Bret Easton Ellis).[73] Y, claro, en 2021 la entrada en dominio público de *El Gran Gatsby* iluminó una ¡luz verde para todos! Así, movidas y movedizos que van del intento serio de honrar hasta la desatada pero no por eso menos sentida *fan fiction* (lo que no deja de tener su gracia y pertinencia, siendo Jay Gatsby alguien que primero se ha reescrito/recreado a sí mismo para luego ser recreado/reescrito por Nick Carraway).

Así, novelas narrando la prehistoria de Nick o las post-historias de Daisy y Tom Buchanan (en una de ellas ya ancianos pero aún odiándose amorosamente) y de su para nada *beautiful little fool* hija Pammy adulta y nada tontita. O novelas revisitando saga de Scott & Zelda (con, incluyendo cómic *Superzelda*, propensión por empoderar a ella y mostrar a él como parásito nutriéndose

---

tado numerosos indicios de que Gatsby podría ser, en verdad, un afroamericano de piel muy clara.

73. Bret Easton Ellis seguramente es el más y mejor escritor fitzgeraldiano en actividad. Respecto a *El Gran Gatsby* –uno de sus diez libros favoritos y, a su manera, poblado por *american psychos*– dijo: «Amo la belleza de su escritura, su inmediatez de tabloide, su alto índice de mortalidad, sus toques modernistas, y su drama sin pausa concentrado en formato de casi novela corta».

de textos/cartas/diarios de una avanzada feminista no-tan-loca y sí muy incomprendida por entorno de machos alfa).[74] Y, por supuesto, Gatsby vampiro (*The Late Gatsby*) y Gatsby versus zombies (*They Ate Gatsby*) y redactado por Inteligencia Artificial y allí «Gatsby no era como los otros sobrevivientes. No se había hundido en la desesperación por el apocalipsis zombi sino, al contrario, lo había recibido con los brazos abiertos como nueva oportunidad para conseguir más dinero y poder». Y también, inevitablemente, un *Gran Tweetsby* en tweets. Y hasta suena y rima variación con magnate del hip hop y versión *young adult* titulada *Great*. Y, claro, *The Gay Gatsby*. Y reclamos por versión *Muppet* y exploración de Jordan Baker y... Mientras tanto y hasta entonces, musicales (cuando escribo estas líneas acaban de estrenarse dos más, uno de ellos con canciones de Florence Welch, de Florence + The Machine y libreto de Martyna Majok, ganadora del Pulitzer de dramaturgia de 2018, titulado *Gatsby: An American Myth*). Y ópera y ballet y obra de teatro *inmersiva* (los espectadores son invitados a una fiesta y se entremezclan con los diferentes personajes y deben elegir a uno de ellos y seguirlo por las habitaciones de una mansión aceptando de antemano que, para ver el espectáculo completo,

---

74. Pero –digámoslo– ninguna de ellas siquiera se acerca un poco a lo que hizo Jean Rhys con *Jane Eyre* en su *Ancho mar de los Sargazos*: *fan-fiction* con fans.

deberán pagar entrada diez veces). Y versión completa recitada/leída de siete horas titulada *Gatz* (tras los pasos de aquel sketch en *Saturday Night Live* del cómico-patafísico Andy Kaufman). Y hasta teoría económica que se enseña en universidades: «The Gatsby Curve». Y «The Great Gatsby Index»: algoritmo que rastrea los exagerados gastos de los muy ricos y saca conclusiones y predice sus más próximas que lejanas bancarrotas. Y tesis-interpretación marxista. Y ONG en/a su nombre. Y alusiones muy claras en los formidables films de Whit Stillman (*Metropolitan*, *Barcelona*, *The Last Days of Disco*) y en *Modern Family*, *Mad Men* y *Breaking Bad* (hay mucho de Jay Gatsby en los reinventores de sí mismos y *entrepreneurs* Don Draper y Walter White), *Twin Peaks*,[75] *The Wire*, *Los Simpson*, *Pan Am*, *Californication*, *How I Met Your Mother*, *Seinfeld*, *Entourage*, *South Park*, *Succession*... Y canción de esa *flapper-replicant* Nexus 6 que es Taylor Swift titulada «Happiness», y «Young and Beautiful» de Lana Del Rey para el *soundtrack* del film de Baz Luhrmann, y «Green Light» de Lorde. Y delictivo ídolo k-Pop –The Great Seungri– obsesionado con Gatsby. Y toda una línea de camisas marca Gatsby y una silla Gatsby y (con algo de mal gusto teniendo en cuenta el final del personaje) piscinas & jacuzzis

---

75. David Lynch incluyó cita recitada de *El Gran Gatsby* en una publicidad que dirigió para el perfume Obsession de Calvin Klein.

marca Gatsby. Y una inevitable Suite Gatsby en el Plaza Hotel y salón de fiestas Gatsby en el crucero *Grandeur of the Seas*. Y anillo de compromiso en honor a Daisy Buchanan y carcasa para teléfono móvil con los ojos de portada *by* Cugat cruzados por relámpago facial de David «Aladdin Sane» Bowie (y, sí, la novela de Fitzgerald era uno de los libros favoritos de este *songwriter* que invitó a bailar *modern love* bajo *serious moonlight* con look muy Gatsby). Y cera/fijadora para el cabello y cosméticos y hamburgueserías y demasiados cocktails y bares y pubs con decoración arte decó-gangsteril. Y *parties* temáticas y *t-shirts* donde se lee *I Party with Jay Gatsby*. Y variedad de iris premiada en 1997-1999 por los más granados floricultores. Y cita de *El Gran Gatsby* («Había recorrido un largo camino hasta aquel césped azul y su sueño debió de parecerle tan cercano que difícilmente podía escapársele») en el techo de la biblioteca en casa de Bill Gates. Y salvapantallas con los ojos bien abiertos del Dr. T. J. Eckleburg. Y pósters/postales con citas selectas. Y video-game en el que Nick busca a Gatsby por los diferentes niveles de mansión mientras lucha contra camareros muy violentos y esquiva los rayos láser que despiden esos ojos del cartel…[76]

---

76. Y el fantasma de la electricidad en los huesos del rostro de Fitzgerald alcanza, incluso, intensidades cósmicas: a principios de este milenio circuló la versión/rumor de una carpeta perdida/encontrada del escritor durante

Pero por encima de todo y de todos y lo principal y más importante: hoy *El Gran Gatsby* vende –sólo en su patria– un promedio de 500.000 ejemplares al año aumentando hasta los 1.500.000 a nivel mundial en 2013, año del estreno de la versión fílmica de Baz Luhrmann.

El que –a cámara– sonríe último...

La luz technicolor

Las dos versiones cinematográficas más populares de *El Gran Gatsby* son, también, dos maneras de ver lo que se leyó (y no es algo fácil de ver: porque si se despoja a *El Gran Gatsby* de su prosa, de su *grand style*, queda poco más

---

su estadía en Hollywood donde se encontraban sinopsis de posibles proyectos a proponer a la Metro-Goldwyn-Mayer. Y entre esos posibles *plots/pitches* se incluía, supuestamente, una comedia con locos de manicomio representando *Hamlet*, una versión musical de *A este lado del paraíso*, una dramatización de Orson Welles emitiendo su radiactiva *La guerra de los mundos*, y –atención– una saga ambientada en una galaxia muy muy lejana con joven guerrero a ser entrenado por maestro de sintaxis extraña enfrentando a malo malísimo que resultaba ser su padre y... La carpeta, se decía, habría sido adquirida en secreto por George Lucas. El asunto –digno de los postreros y hollywoodenses relatos de Fitzgerald protagonizados por el guionista de películas Pat Hobby– fue finalmente descubierto como engaño de alguien con acceso a la misma máquina de escribir Remington que Fitzgerald había tecleado en el estudio.

que melodramática trama de vaudeville y comedia de malas costumbres decimonónica).

La de Jack Clayton, de 1974, no es que haya envejecido mal sino que nació muerta: descolorida (esa desteñida fotografía tan *seventies*) y desganada y con guión de Francis Ford Coppola,[77] comete el pecado mortal de omitir parrafada final de la novela. Por otra parte, Robert Redford parece estar muriéndose por ser Nick Carraway a la espera de que Paul Newman venga a asumir el rol de Jay Gatsby. Y Mia Farrow actúa como aún bajo influjo de brujerías gestadas para la pobre Rosemary en el Dakota Building.

La dirigida por el muy idiosincrático Baz Luhrmann –una vez que se acepta que va a hacer otra de las suyas– funciona mucho mejor. De acuerdo, lo de Luhrmann no es otra cosa (la misma *cosa* que hizo con Shakespeare y haría con Elvis) que una invitación a *El Gran Gatsby* como parque temático pero que, paradójicamente, la hacen más fiel y verosímil que la de Clayton. Bienvenidos a Gatsbylandia. Y ese comienzo con Nick en loquero –Luhrmann guiña y lo nombra como The Perkins Sanatorium– escribiendo su libro como forma de terapia-edición desconcierta un poco. ¡Nick Carraway no como la prover-

---

77. Según Coppola el suyo (luego de que uno de Truman Capote no funcionase) no fue el que se acabó usando. Capote dijo: «Estudié el libro para el guión… Es el más extraño de los misterios: salvo un par de escenas es prosa imposible de filmar».

bial loca sino como el inesperado loco del ático! Pero enseguida, lo mejor, es rendirse y disfrutar de la química de grandes amigos en la vida real entre Leonardo DiCaprio y Tobey Maguire, de una perfecta Carey Mulligan como Daisy, y del resto de un gran casting (aunque el actor que interpreta a Wolfshiem es indio y luce molar en corbata). Y sus fiestas son fiestas a las que uno querría haber sido invitado.[78] Y está muy bien la voz en off/diálogos de tantos párrafos textuales de la novela. Y es un gran *buddy-film/bromance*.[79] Y sí: Luhrmann omite (aunque los filmó, están entre los extras del dvd) momentos clave como los (des)encuentros entre Nick y Jordan, lo de la «voz llena de dinero», y la conmovedora aparición final del padre de Gatsby.

Y ahí, en una y otra película –y a modo de test comparativo–, está ese instante en el que Nick va de regreso a su casa, se detiene, se vuelve, y le grita a Gatsby aquello de que (Daisy & Tom & Co.) son mala gente, corruptos, podridos, de mierda. «*A rotten crowd*», sí. Y que «Tú vales más que todos ellos juntos» (y, recuerda

---

78. Un tanto plagiadas y *hardcore* por la posterior y aún más exagerada, pero muy fitzgeraldiana, *Babylon* de Damien Chazelle (donde Tobey Maguire interpreta a siniestro y muy *Blue Velvet* gangster; y entonces la inquietante sensación de ver a un Nick que se ha pasado al Lado Oscuro).

79. Greil Marcus –acaso un tanto extremo, suele serlo– llega a casi insinuar en su ya mencionado libro que posiblemente la película supere a la novela.

Nick, «Siempre me alegró el habérselo dicho. Fue el único halago que le hice nunca»). Y entonces Gatsby «primero asintió, muy educado, y luego se le iluminó la cara con una sonrisa radiante y cómplice, como si en aquel asunto hubiéramos sido en todo momento camaradas inquebrantables». Y la sonrisa de Gatsby «era una de esas raras sonrisas capaces de tranquilizarnos para toda la eternidad, una sonrisa que sólo encontramos cuatro o cinco veces en la vida. Aquella sonrisa se ofrecía –o parecía ofrecerse– al mundo entero y eterno, para luego concentrarse en ti, exclusivamente en ti, con una irresistible predisposición a tu favor. Te entendía hasta donde querías ser entendido, creía en ti como tú quisieras creer en ti mismo, y te garantizaba que la impresión que tenía de ti era la que, en tus mejores momentos, esperabas producir».

Y sí: en Hollywood, DiCaprio sonríe mucho mejor que Redford.[80]

Y en 3D.

Fitzgerald contra la corriente

«Un basurero», definía un cada vez más empequeñecido Fitzgerald al Hollywood por el que

---

80. *El Gran Gatsby* de Baz Luhrmann es una de las favoritas de mi hijo Daniel. La ve una y otra vez. Cuando le pregunto por qué, me sonríe, como respuesta, una sonrisa marca Gatsby.

mendigaba guiones para poder pagar internaciones de Zelda e internados de Scottie. No se le hace fácil: sus descripciones y emociones son casi imposibles de actuar y filmar, y sus diálogos dependen por completo de ellas. Por entonces, muchos lo consideran un borracho incómodo y profesional poco confiable adicto a los *crazy sundays* (y también a los *crazy mondays to saturdays*).[81] Alguien que deja de beber para poder volver a beber para poder volver a dejar de beber. Alguien –Fitzgerald oscila entre arrebatos de furia y explosiones de llanto en cuestión de minutos– a quien tan sólo soporta su compañera y periodista rosa Sheila Graham cuando lo oye fantasear acerca de la inminente entrada de Estados Unidos en la guerra en Europa y de viajar allí como corresponsal extranjero «porque esta vez no permitiré que Hemingway se lleve de nuevo todo ese botín». A Fitzgerald no le quedan casi amigos (el propio Hemingway no deja de humillarlo en despachos y fiestas y hasta incluyéndolo en sus relatos de buena gana y mala manera). Y de nuevo: sus libros no se encuentran en librerías (pero sí abundan en los depósitos). Y sugiere una y otra vez a su editorial el relanzamiento de *El Gran Gatsby* «a 25 céntimos y con prólogo NO firmado por mí sino por alguno de mis admiradores de renombre». Y sueña con que se convierta en «favorito de las aulas

---

81. Aunque, contrario a lo que se suele creer, Fitzgerald no fue *tan* maltratado por la industria.

y los profesores» porque se lo merece, porque «sería terrible morir y tan injusto el desaparecer luego de haber dado tanto: aún hoy, en todo lo nuevo que leo no encuentro nada que no lleve no más sea ligeramente mi sello…[82] A mi muy pequeña manera yo fui un original». Y sus ejemplares de lo suyo están llenos de anotaciones y correcciones a futuro para reimpresiones que no llegarán en vida. Y de párrafos subrayados como aquel de *Suave es la noche* que le gusta y le duele: «Se escribe acerca de que las heridas cicatrizan estableciéndose un paralelismo impreciso con la patología de la piel, pero no ocurre tal cosa en la vida de un ser humano. Lo que hay son heridas abiertas; a veces se encogen hasta no parecer más grandes que el pinchazo que deja un alfiler, pero lo mismo continúan siendo heridas. Las marcas que deja el sufrimiento se deben comparar, con mayor precisión, con la pérdida de un dedo o la pérdida de visión en un ojo. Puede que en algún momento no notemos su ausencia, pero el resto del tiempo, aunque los echemos de menos, nada podemos hacer». Así

---

82. Fitzgerald probablemente alude, entre otros, a su fan/discípulo John O'Hara («Fitzgerald es mejor que todos nosotros juntos: lo suyo son todas esas palabras escribiéndose a sí mismas», apuntaría en una carta a John Steinbeck) y quien prologaría *The Portable Fitzgerald* (1945), editado por Dorothy Parker. Fitzgerald consideraba a O'Hara «mi único verdadero amigo en Hollywood», pero se distanció cuando éste se negó a ser su padrino en un delirante duelo para «lavar el honor» de Sheila Graham.

que Fitzgerald, herido y marcado, apuesta todo a otra novela –*The Love of the Last Tycoon: A Western*– que, confía, pondrá a todos los injustos en su sitio y a él en su justo lugar. Ahí, de nuevo, firme estructura a base de diferentes *set pieces* (no quiere que le vuelva a ocurrir lo que le pasó con la formidable pero sinuosa *Suave es la noche*) y, otra vez, narrador en primera persona (la joven Cecilia Brady, criada entre decorados e indecorosos). Y otro personaje-tótem y gran enamorado a adorar sin comprender del todo: el productor de cine Monroe Stahr, último magnate inspirado en el real y legendario Irving Thalberg. Pero no es sencillo. Marchas y contramarchas y accidentes domésticos y, mientras tanto, Fitzgerald concede alguna entrevista completamente borracho. En una de ellas, en el momento de la despedida, el reportero le pregunta qué ha sido de la *jazz generation*. Y Fitzgerald contesta irritado: «¿Por qué debería molestarme por ellos? ¿No tengo ya suficientes problemas conmigo mismo? Sabes muy bien qué fue de ellos… Algunos se hicieron corredores de bolsa y se arrojaron desde ventanas. Otros fueron banqueros y se pegaron un tiro. Aun así, unos se las arreglaron para meterse en periodismo. Y unos pocos se convirtieron en autores de éxito». Entonces, Fitzgerald hace una pausa y concluye y gime y sonríe con la más triste de las sonrisas: «¡Autores de éxito…! ¡Oh, Dios mío, autores de éxito!». La última línea del reportaje es: «Francis Scott Fitzgerald se puso de pie, fue tropezándose hasta la mesita de las bebidas, y se sirvió otro trago».

Y, para (intentar) no beber, Fitzgerald no deja de vaciar botellas de Coca-Cola y de masticar chocolates y de confesarse en sus *notebooks* y en cartas despachadas y despechadas (de tanto en tanto se envía postales a sí mismo preguntándose dónde y cómo está) en las que se leen frases como puñaladas y caricias consagrándolo como uno de los más grandes y compulsivos auto-historiadores de la literatura norteamericana: «No soy un gran hombre, pero a veces pienso que la igualdad impersonal y objetiva de mi talento y los sacrificios del mismo, de a pedazos, para preservar su valor esencial, tiene una suerte de grandeza épica... En cualquier caso, me autoengaño con ilusiones de este tipo», «El propósito de toda ficción es el de crear la más apasionada de las curiosidades y entonces, inesperadamente, satisfacerla, orgásmicamente. ¿Acaso no es eso lo que esperamos de todas nuestras relaciones?», «Es tan simple como que, una vez que has encontrado la intensidad del arte, nada en la vida volverá a parecerte tan importante como el proceso creativo», «Los escritores no son exactamente personas», «La buena escritura es como nadar bajo el agua y aguantar la respiración», «Lo olvidado es lo perdonado», «Quiero escribir escenas que atemoricen y sean inimitables... Estoy lo suficientemente adelantado como para aspirar a una mínima inmortalidad», «He decidido comprar todos mis excepcionales libros», «Ahora y por un largo tiempo soy el último de los novelistas», «Ya todo es tan inútil como repetir un sueño», «No hay segundo acto en las vidas americanas».

Fitzgerald muere el 21 de diciembre de 1940. Cuenta Sheila Graham que Fitzgerald estaba comiendo un chocolate Hershey y hojeando el *Princeton Alumni Weekly* cuando, de pronto, «se puso de pie como si hubiesen tirado de sus hilos» para enseguida, como si se los cortaran, caer y quebrarse y final de sueño y *party's over*.

Andre Turnbull, su futuro biógrafo, fue al funeral: «El ataúd estaba abierto y todas las líneas de la vida habían desaparecido del rostro de Fitzgerald. Ahora parecía tan suave, muy maquillado. Era más la cara de un maniquí que la de un hombre. [...] Cerca del final, llegó una ráfaga de amigos de su hija, Scottie, yendo o viniendo de una fiesta. [...] El ataúd se cerró y nos fuimos bajo la lluvia».

Dorothy Parker dijo eso de «Pobre hijo de puta» y se indignó porque la malinterpretan y nadie se da cuenta de que citaba escena del entierro de Jay Gatsby y de Jimmy Gatz.

Alguien mencionó que, de camino al velorio, Nathanael West (a quien Fitzgerald había obsequiado generoso *blurb* para su *El día de la langosta*, novela que puede leerse y admirarse como los bajos fondos de *El último magnate*) se mató en un accidente automovilístico: West era daltónico y confundió la luz roja de un semáforo con, sí, la luz verde.

Y alguien tuvo la buena pero también obvia idea de grabar en la losa de su tumba –que ocho años después sería también la de Zelda– las últimas palabras de *El Gran Gatsby*.

Últimas palabras

Levante la mano el mortal pecador por no haber incluido las últimas palabras de *El Gran Gatsby* –que son las últimas palabras del libro que ha escrito Nick Carraway– en ese dorado disco cósmico a bordo de la sonda Voyager conteniendo, para iluminación de inteligencias extraterrestres, lo que se supone mejor de nuestro planeta y especie. Todos juntos ahora otra vez, leerlo en voz alta: ese final cuya traducción a cualquier otro idioma siempre será imperfecta; porque Francis Scott Fitzgerald lo dijo con las palabras justas, exactas. Últimas palabras –oraciones como plegaria– que en verdad es como si fuesen el principio de todas las cosas, porque llegar allí es, por fin, entenderlo todo y así poder volver a empezar:

Gatsby believed in the green light, the orgastic future that year by year recedes before us. It eluded us then, but that's no matter— tomorrow we will run faster, stretch out our arms further... And one fine morning—
So we beat on, boats against the current, borne back ceaselessly into the past.

Sí: luz verde y orgásmico futuro y correr y nuestros brazos y una buena mañana y contra la corriente y hacia el pasado.

Y esos poco habituales guiones largos en los que algunos fitzgeraldistas han creído y querido ver representación gráfica del muelle de Gatsby.

Y en todo ese final (en ese último par de páginas) la trama desaparece. La acción se rinde ante la meditación, la voz del narrador asume por fin su condición de voz del sueño de todo un país, y deja paso al puro sentimiento del Nick autor que, de inmediato, es el sentimiento puro de su lector. Fitzgerald lo advierte/recomienda en una de sus cartas: «Si tienes algo que decir, algo que sientes que nadie nunca ha dicho antes, has de sentirlo tan desesperadamente hasta que encuentres una forma de decirlo que nadie haya descubierto antes, de manera que lo que tienes que decir y el cómo decirlo se unan como una única sustancia, tan indisoluble como si ambas cosas se hubieran concebido juntas».

Dicho y escrito y propuesto y conseguido.

Las últimas líneas de *El Gran Gatsby* –refiriéndose al pasado– se proyectan hacia el futuro y se convierten en uno de los finales de la historia de la literatura con más y mejores principios. Pocas veces se ha escrito un final de novela con mayor y mejor finalidad, pienso. Un final que no hay escritor que no haya admirado y no haya deseado emular. Su influencia es tan única como absoluta.[83] Cadencia bíblica y rezo ideal para quienes no rezan.

Allí, por fin, dos años después del «holocausto», Nick no busca alcanzar un amor sino un libro que cuente y comprenda y alcance a Gatsby. Y a diferencia de Gatsby –y por suerte para nosotros y cortesía de Fitzgerald– Nick lo alcanza.

Y es un gran libro.

Y tal vez Gatsby no sea un grande, pero *Gatsby* sí lo es.

Y de ahí el título y, pienso y comprendo, su verdadera intención: *El Gran Gatsby* refiriéndose a la grandeza del libro y no a la de la persona y del personaje.

Así, Nick –al otro lado de Gatsby, habiendo *atravesado* a Gatsby, de pronto descubriéndose como El Gran Carraway, como gran novelis-

---

83. A simple vista, frente a mi biblioteca, se me ocurren otros tres grandes finales inequívocamente influenciados por *El Gran Gatsby*: el de *En el camino* de Jack Kerouac, el de *El río de la vida* de Norman Maclean, el de *Lunar Park* de Bret Easton Ellis. En la génesis de la especie, probablemente, esté el de *En busca del tiempo perdido* de Marcel Proust. Abundan también las parodias. En una de ellas aparece un monstruo *à la* Loch Ness; otra ríe variante freudiana: «Si lo pensaba bien, Gatsby se parecía mucho a mi madre. Y Jordan también»; y otra, *classified*, en la que Gatsby reaparece ante Nick y le explica que hubo que fingir su muerte porque tenía una ultra-secreta misión por delante.

ta–[84] acerca nuestras sillas no al borde de un precipicio sino al extremo de un muelle. Y nos muestra un héroe y –para que la leamos aguantando la respiración– nos escribe una tragedia y una de las más grandes y orgásmicas historias jamás contadas para que la volvamos a leer una y otra vez.

Hágase (y vuelva a hacerse, por siempre) la luz: la luz verde.[85]

84. Aunque todo hace pensar que será la única que escribirá. Ojalá que así no sea.
85. Y la idea y el desafío era el de cerrar *el pequeño gatsby* con un final a la altura del de *El Gran Gatsby*. Por supuesto –como debe ser y cabía esperar– no se ha conseguido.

Tal vez otro día, tal vez entonces…
And one fine morning—

The GREAT GATSBY

F·SCOTT·FITZGERALD

Creer en Gatsby & Old Sports: agradecimientos

Muchos libros en mi biblioteca personal –más allá de lo escrito por Francis Scott Fitzgerald & Zelda Sayre Fitzgerald– han aportado lo suyo para este pequeño libro; por lo que ocuparía demasiado del poco espacio el identificarlos con título completo.

Así, me limitaré a nombrar/agradecer a sus autores como desde un Rolls-Royce amarillo a toda velocidad pero que, aun así, se detiene para reconocer su deuda.

Francis Scott Fitzgerald & Co.

Novelas sobre Fitzgerald de Budd Schulberg, Stewart O'Nan, R. Clifton Spargo y E. Ray Canterbery.

Álbumes de fotos y *scrapbooks* recopilados por Matthew J. Bruccoli, Shawn Sudia-Skehan y Scottie Fitzgerald Smith & Joan Parker.

Ensayos y prólogos y posfacios y comentarios y notas y películas y ediciones críticas sobre/a/de *El Gran Gatsby* en particular y de lo de Francis Scott Fitzgerald en general con las firmas de David J. Alworth, Bob Batchelor, John Cheever, Jack Clayton, Maureen Corrigan, Marta Fernández, Aaron Latham, Ralph Lombreglia, Baz Luhrmann, Greil Marcus, Arthur Mizener,

Justo Navarro, Eliott Nugent, Dave Page, Tony Tanner, Calvin Tomkins y Jesmyn War.

Biografías y *memoirs* de David S. Brown, Matthew J. Bruccoli, Tony Buttitta, Scott Donaldson, Sheila Graham, Frances Kroll Ring, Arthur Krystal, James R. Mellow, Arthur Mizener, Andre Le Vot, Andrew Turnbull y James L. West III.

Correspondencias –con edición de Jackson R. Bryer & Cathy W. Barks, Matthew J. Bruccoli, Linda Patterson Miller, Andrew Turnbull– de y con Frances Fitzgerald Lanahan Smith, Zelda Fitzgerald, Gerald y Sarah Murphy, Harold Ober y Maxwell Perkins.

Y –a este lado del paraíso, *old sports*– Miguel Aguilar, Javier Argüello, Juan Ignacio Boido, Martín Caparrós, Carmen Carrión, Ignacio Echevarría, María Enamorado, Laura Fernández, Roberta Gerhard, Lourdes González, Leila Guerriero, María Lynch (y Casanovas & Lynch), María José Navia, Alan Pauls, Patricio Pron, Albert Puigdueta, Guillermo Saccomanno, José Serra, Pere Sureda y Enrique Vila-Matas.

Y, por supuesto, La Gran Ana y El Gran Daniel: mis luces verdes pero, por suerte, aquí y a este lado de la bahía.

R. F.
Barcelona,
18/07/24-26/09/24